字
句
——
Lette

无 尽 的 河 流

[摩]阿卜杜勒法塔赫·基利托 著

吴水燕 译

Abdelfattah Kilito

告诉我这个梦

Dites-moi le songe

上海人民出版社

图书在版编目(CIP)数据

告诉我这个梦/(摩洛哥)阿卜杜勒法塔赫·基利托
(Abdelfattah Kilito)著;吴水燕译.—上海:上海
人民出版社,2024
(阿卜杜勒法塔赫·基利托作品集)
ISBN 978 - 7 - 208 - 18653 - 8

Ⅰ.①告… Ⅱ.①阿… ②吴… Ⅲ.①长篇小说-摩
洛哥-现代 Ⅳ.①I416.45

中国国家版本馆 CIP 数据核字(2023)第 220636 号

策　　划	字句 lette
责任编辑	王笑潇
特约编辑	苏　远
封面设计	彭振威

"Cet ouvrage a bénéficié du soutien du Programme
d'aide à la publication de l'Institut français."
Dites-moi le songe by Abdelfattah Kilito
© Actes Sud, 2010
Current Chinese translation rights arranged through
Divas International, Paris
巴黎迪法国际版权代理

阿卜杜勒法塔赫·基利托作品集
告诉我这个梦
[摩洛哥]阿卜杜勒法塔赫·基利托 著
吴水燕 译

出　　版	上海人民出版社
	(201101 上海市闵行区号景路 159 弄 C 座)
发　　行	上海人民出版社发行中心
印　　刷	上海盛通时代印刷有限公司
开　　本	787×1092 1/32
印　　张	6.25
插　　页	3
字　　数	78,000
版　　次	2024 年 1 月第 1 版
印　　次	2025 年 9 月第 2 次印刷
ISBN 978 - 7 - 208 - 18653 - 8/I·2122
定　　价	52.00 元

献给伊斯梅尔

叫我伊斯梅尔吧。

——赫尔曼·梅尔维尔,《白鲸》

这就是读书人的样子：谁也不像。

——博托·施特劳斯,《献词》

目　录

窗边的伊达　/ 001

山鲁亚尔的第二次疯癫　/ 065

中国人的方程式　/ 103

想继续下去的卑微渴望　/ 129

译后记　/ 187

窗边的伊达

我喜欢在床上看书。这是在童年时读《一千零一夜》那会儿养成的习惯。

那时我睡在祖母屋里，在她床边的一张长沙发上。在一次生病期间——那次应该是病得很厉害，因为全家人都记忆犹新——我时常昏睡不醒。在我难得恢复意识的时候，我听到了前来关心我病情的女访客们的声音。我刚意识到她们低语的对象是我时，就又沉沉睡去了。

当我开始恢复时，她们便提高音量聊别的事情去了。我不再是她们谈话的焦点。懊恼之余，我开始怀念起生病来，但又无法假装生病，我的谎言从来都骗不过祖母，这一点我有经验。其实我也没必要假装，我还是很虚弱，病情随时都有可能复发。

正是在这种情况下，我的注意力被身旁的一本书所吸引，那便是贝鲁特版的《一千零一夜》。它怎么会出现在这个对文学兴趣寥寥的屋子里？是谁把它放在了我睡的沙发旁边，在我触手可及的地方？很显然，是某个女访客落下的，又没有回来取走，所以在我养病期间它一直在我身边。当时我并不知道书中含有色情内容的段落已经被细致删去了，但故事的力量远没有被削弱，羞耻的一面仍然完好无损。不然为什么我会隐约觉得自己不该看呢？当有人进屋来，尤其是当我父亲进来时，我便把书藏进被子里。就这样，我拖着病体，怀着罪恶感开始接触阅读和文学。这是我试着去读的第一本书，第一本阿拉伯语书，第一本篇幅短小的书。

白天，我在床上看书……这与山鲁佐德的本意相反，她是晚上讲故事，天亮了就沉默不语。

而我却是在晚上停止阅读，违背了她的指示，颠倒了事情的顺序。

不过，随着我的阅读与时间的推移，我的病情在好转。读到最后一页时，我彻底痊愈了。看来，文学是有治愈效果的。即使它不能治愈肉体的疾病，却可以减轻灵魂的痛苦，这也是《一千零一夜》的主题之一。我欣然相信，多亏了它的代祷我才能恢复健康；也多亏了她，那位把这本书遗留在我枕边的女访客。

这一切都很令人感动，但也有一些疑点浮现，模糊了故事的准确性。我读的这本确实是贝鲁特的删减版吗？我喜欢这样想，天知道为什么，但我读的到底是什么书？让我们再延伸开去：我童年时读过《一千零一夜》吗？也许我尝试去读过，但书中令人无法背负的财富使我读了几页、几行就放弃了阅读。读过的第一本书？我曾数次这样断言，但这难道不是因为它是用阿拉伯语写的，而我强行想要与我那说不上来的血统扯上关系？

至于说我发现这本书时正受着病痛之苦，那可能纯属幻想。追忆那我说不上名字的病，同情自己，把自己回忆成睡在祖母床旁边一个沙发上的孩童……我说这些故事使我恢复了健康，难道不是在粉饰什么吗？不恰当地把自己类比于山鲁亚尔，那个被山鲁佐德治愈的疯王……那位落下书的神秘女访客的桥段又是从何而来……事实上，那时候我身边没有任何一个女性会看书，可能会读一些《古兰经》中的经文，但绝不会是《一千零一夜》。

最后，暗示我最终彻底痊愈了……又是我自行捏造的。其实，如果我看完了这本书，我肯定无法痊愈，我会死去。一千年来，人们不是一直在反复说着不要去看《一千零一夜》或者只看其中的一部分吗？那些没有听从这一忠告的人都已经付出了沉重的代价。他们或丧失了理智，或自我了断，或痛苦而死，毫不夸张。那时的我并不知道这一忠告，但我一定是本能地感到了危险。

不过，正是多亏了此书，更确切地说是多亏了一篇题为"《一千零一夜》中的睡眠"的论文（最初是一篇硕士论文），我才能受邀去美国。这篇论文是在 K 教授的推荐下发表的，我当时受宠若惊，因为我一度以为他不喜欢我。他总是批评我，对我的研究计划也表示怀疑，但出人意料的是，他竟然帮助我在《阿拉伯研究》（我从不敢奢望自己能够出现在这本权威期刊的索引中）上刊发了这篇文章，虽然我并没有请他施以援手。而且他还支持我申请由富布赖特基金赞助的为期两个月的奖学金。真没想到，睡眠为我打开了美国的大门……

在机场，一位司机正举着一块写有我名字的大字牌等我。在驶向住处的路上，我们并无任何交流。天下着雨，窗外飞弛而过的景象令人生厌，阴森的建筑、在建的工程、庞大的起重机……我不由得掏出烟盒，旋即意识到不妥，正准备收起来时，司机从后视镜里看到了我的动作，示意我可以抽烟。

这段路似乎是无止境的，我开始后悔自己的旅程，虽然就在前一晚我还在为能够游历美国而兴奋不已。司机肯定也不高兴：他开错了路，又找不回原先的路，只得停下车来查阅地图，但这显然无济于事，因为他又开到一个加油站去问路了。在绕了许多个弯之后，他终于把我送到了住处。

我把衣物整理进房间的大衣橱里，把文件、笔记本和笔摆到书桌上。由于我只有两三本书，所以我犹豫了一下才把它们放入为之而设的书架，在一片空空如也中它们显得尤为突兀。我又往书架上添了一些刊有我关于睡眠那篇文章的单行本、我差不多写完了的关于"被禁止的好奇心"的博士论文、一本英文小词典、一本双语字典、畅销版的四卷本《一千零一夜》，最后是儒勒·凡尔纳的《神秘岛》，这本书我从不离身，总要在睡前翻翻。书架仍是空荡荡的，我安慰自己这只是暂时的情况：我打算尽可能地多买书。

房间安置妥当后我不知道该干什么了，于是便下楼到前台去给米歇尔·哈姆韦斯特（Michaël Hamwest）教授打电话。他说会来接我一起用晚餐。

他到了之后第一句话就说，我长途旅行后一定很疲惫，因此他决定晚上就不用英语和我对话了。

"我们用法语交流。"

尽管他也懂些阿拉伯语，不过他并不打算用阿拉伯语交流。我很感激他给我的这种缓冲，虽然我知道第二天房东肯定只会用他的母语英语和我交流，以达到某种威慑。他有些不确定地看着我，似乎在疑虑我将如何跟他的学生打交道。他的法语有些生硬，但肯定比我的英语强多了。不平衡感很明显，这让他有了很大的优势。

到达他家时，我发现门上贴着禁止吸烟的标识。我怀疑这标识是我去的那天准备的，就在去接我之前他把标识贴在了门上，以引起我的注意。他一定对我这个老烟民的名声有所耳闻。只要晚餐后把我送回住处，他就会把那张可恶的告示撤掉。

他的妻子非常热情地接待了我。客厅的墙上排满了书。我想说点好听的，便低声叹道：

"这真是博尔赫斯式的图书馆。"

哈姆韦斯特太太瞪大了眼睛。

"您知道博尔赫斯！"

他对妻子肯定道，我曾读过这位阿根廷作家所撰写的关于《一千零一夜》的论著。这话让我有些尴尬，因为这会让人觉我只对自己专业领域的相关研究感兴趣，对其他作品则毫不在意。他又对我解释说，他的夫人是西班牙语学家，曾一度想要研究《一千零一夜》对拉美作家的影响。

"不是对博尔赫斯的影响，因为这方面已经有一两个很好的研究，而是对其他拉美作家，比如曼努埃尔·斯科尔扎（Manuel Scorza）及其作品《夜晚的鼓声》：那个懂得和马交流的小偷，他在夜晚附到马的耳边轻声低语，诱惑它们。他向它们许诺了肥沃的草地和美丽的雌马，它们就心甘情愿地跟着他走了。"

哈姆韦斯特先生承诺当晚和我用法语交流，这自然不包括他的妻子。于是我只能用英语和她对话，想搞清楚小偷是用哪种语言和马说话的。用他自己的语言还是用马的语言？渐渐地，我们谈到了《一千零一夜》中动物的语言问题，谈到那个能听懂驴、牛、猪、鸡的语言的农夫；聊到了猴子书法家。一番引申之下，我们又说到了那匹弄瞎了三个僧人其中之一的马、会飞的马，发贫穷誓言的苦行僧，正当我们在讨论《一千零一夜》中是否有故事曾提到一人一马的口头交流时，有人敲响了门。

一位美丽绝伦的年轻女子进来了。哈姆韦斯特先生向我介绍说她叫伊达（或是艾达、阿伊达、埃达），正要介绍我的名字呢，她却转过身去，和哈姆韦斯特太太聊了起来，聊的话题我也不懂。她们在哈姆韦斯特先生愉悦又赞赏的目光下笑嚷着。在这种热闹的幸福面前，我却愈发感到失落，因为我听不懂她们在说什么，一个字都听不懂。

晚餐很美味。马被遗忘了，话题转到了爱情上。我似乎在某个时刻听到哈姆韦斯特先生说：

"我搞不懂为什么小说里的主人公都得要历尽千辛去赢得一个女子的芳心。"

用完餐后甜点，我们又回到了客厅。伊达一直在回避我，而且每次我想说点什么的时候都会被她打断。哈姆韦斯特先生对太太很细心，充满温存与爱意，他太太则回以灿烂的笑容。我累得眼皮打架，迫不及待想回住处去，但是哈姆韦斯特先生没有送我回去，而是一直在爱抚妻子的秀发，随后更加大胆，久久吻着妻子的嘴。她闭上眼睛，把他拉到地上，就在我坐的扶手椅旁边。他把一只手探进了妻子的短裙里。伊达起身向我走来，拍了拍我的肩膀。我睁开眼睛：哈姆韦斯特先生正俯身看着我。他似乎有些担心，用英语对我说："我想该送您回去了。"伊达起身，与男女主人行贴面礼告别后便离开了，没看我一眼。

外面很冷。

第二天，我早早离开了住处去外面抽烟，把学校旁边的几条街都走了一遍。

我没睡好，因为时差的关系，也因为前一晚的记忆折磨着我。去别人家做客却睡着了，主人该有多尴尬！我一点都想不起来自己吃了些什么。然后是那个愚蠢的梦，天知道它泄露了些什么，一些隐匿在我心中的龌龊想法。我睡了多久？我有说什么梦话吗？这不是不可能的。至于我仓促的告辞……我有没有向哈姆韦斯特夫人和伊达道别？她们肯定猜到了我梦中的内容和我那些下流的欲望。

无论我如何嘴硬地辩称如果不是因为禁止吸烟，我还是可以抵挡住困意的，我的行为仍然是有失体统的。我在美国的旅居生活出师不利……这个在别人家打盹的习惯！荷马说，甜蜜的睡眠……多少个晚上，我惊醒过来，发现自己的脑袋正枕在旁边一个人的肩膀上，对方尴尬又同情：我的转醒通常会引起一阵哄笑。不过，虽然我有这种坏习惯，但我的朋友们仍会继续邀请我，该怎么说呢，多亏了它！对他们来说，这就好比一场表演，他们期待我睡着，有时还会迫不及待。"你是说了一些梦话，不过别担心，我们会保密，不会说出去的！"

所以我撰写关于睡眠的论文绝非偶然！在探讨这个学术问题的同时，我也是在间接地谈论自己。《一千零一夜》中的睡眠主题非常丰富：因被下药而沉睡的人物，陷入昏迷的人物，甚至还有被活埋的人物。苏醒后的睡眠者引起了我的兴趣，不过最让我着迷的还是阿齐兹（Aziz）的故事。阿齐兹在等待心爱的女人时，扑向食物大快朵颐，随后陷入了沉睡。第二天当他睁开眼睛时，发现自己被扔在了大街上。我更幸运一些：我是在自己床上醒来的。

我在论文中提到与睡眠相关的罪时还指出，如果山鲁佐德哪怕有一晚闭上眼睛，第二天她就会脑袋落地。但这个观点并无创见。通常而言，只有当一项研究发表出来或得到赞助，一个好的观点才能得以呈现。真正新颖的观点，即使简单到无以复加，我却只能在事后才想到。我在研究中没有提及一个从不睡觉的人物，那就是山鲁亚尔国王：从夜晚至天明，他都在听山鲁佐德讲故事；然后又无缝衔接去处理国务，每天如此。那山鲁佐德呢，白天她在做什么？书中没有交代，我们可以推测她会借此喘息的机会来补觉，不过不知为何，我并不喜欢这个假设。

因为身体条件不允许，我没办法经常去学校的图书馆。我很羡慕那些可以从早到晚泡在图书馆里做研究的读者。他们使我感到良心不安：他们严肃认真，好似在完成一项任务，他们记笔记、揉眼睛、擦眼镜，有时还会伸懒腰、打哈欠，一副完成任务的满足感，而我呢，我却无法专注于眼前的文件。至于记笔记……到底要记什么？所以我没有任何理由出现在这座知识的殿堂里，一旦踏入，我就会晕头转向。

　　然而，经常去图书馆是或者说应该是我来美国的主要动机。阅读一些在自己国家找不到资源的图书是我主动给出的正式理由，虽然我知道完全不是这样。我所在的大学藏书丰富，在图书馆肯定可以找到所有我一直想看却看不到的《一千零一夜》译本：马克西米利安·哈比希特（Maximilian Habicht）的版本、古斯塔夫·魏尔（Gustav Weil）和恩诺·利特曼（Enno Littmann）的德译本、爱德华·莱恩（Edward Lane）和约翰·佩恩（John Payne）的英译本……我知道它们确实都在馆藏中，但这令人沮丧。没有惊喜在握，没有不期而遇，也没有一见钟情。那我为何还要来这一趟美国之旅呢？不为什么，毋宁说是因为别人这样做了，纯粹想跟风模仿罢了……

　　自打来了这里我就一直没什么事可做，生活在偶然性里，漂浮在无用性中。走在街上时，我的脑海中闪过一些话语片段，有以前在学校学的阿拉伯诗歌、《古兰经》诗文、读书回忆、妙语、趣事、欧姆·凯尔图姆（Oum Kelthoum）和法里德（Farid）的旋律，也有夏令营里一系列傻气的歌，以及其他一些爱国好斗的歌曲。那时我才真切地意识到自己是一个阿拉伯人。阿拉伯人就是这样，整天咕哝着合乎传统的话语。所有我在祖国时曾压抑的一切，全部又都回到了我的脑海中，占据、侵扰着我的思绪。这可笑的思乡之情只有在看到四处乱窜、完全适应了环境的松鼠时才得以缓解。

　　每天，我都会来回路过两三家事先看好的电影院，里面上映的电影都很乏味（甚至连海报都很无趣）。这方面我没变过，从小时候开始，我的散步就一直循着相同的路线，沿途会有一些电影院、书店。我常去学校的书店看陈列在那里的新书的封面。只要我不经常下馆子，我的奖学金足以让我每天买一本书。我的日常乐趣就是：打开一本新买的书，小心翻阅，这页读读，那页扫扫，浏览下目录，看一眼索引，核对一下，荒谬的好奇心——可以说我什么都没产出——除了在书里签上我的大名。当然了，我决心回国以后要认真把所有书都读完。

我只买了研究阿拉伯世界的书；其他书我没怎么关注，甚至连看都没看。我不是来美国研究阿拉伯文学的吗？多么愚蠢又可笑的想法！至少我应该要趁此机会研习一下美国文学，增进对这个国家历史和文化的了解（那时我还读不懂《纽约时报》的标题、字谜、谜语）。但我却没有这样做，而是带着我装满东方文化的行李下了飞机，我是一个不合格的辛巴达，因为水手辛巴达在遭遇船难之后，踏上一片全然陌生的土地时是赤裸裸的、完全一无所有的。一个与过去断开联系的人，他必须从头开始，重塑自身和世界，等到他返回家乡时，他是带着凭借其努力重新获得的财富回去的。我则更像是陆地上的辛巴达，一个可悲的搬运工，被与现代世界相脱节的传统的重量压弯了腰。

我一直忘不了伊达。如果我们在路上相遇，

我能不能认出她？她的一些特征我记得不是很真切。有时我似乎能在街上或在窗边瞥见她的倩影。是她吗？窗边的伊达……

终于在一次逛博物馆时，我再次见到了她，哈姆韦斯特先生正陪着她。哈姆韦斯特先生老远就看到我了，他热情地朝我打招呼。我向他们走去，对这次偶遇很是激动：终于可以抹去那天晚上的糟糕记忆，解除误会了。但甫一走近，伊达就背过身去，开始欣赏起画作来。哈姆韦斯特先生神色如常地同我交流，仿佛什么事都没发生过，他问我对住宿是否还满意，并记下了我的电话号码。我感谢他邀请我去他家用餐，并为自己中途睡着表示歉意。他对我摆摆手说，这种事情也不是头一遭碰到。然后是一阵尴尬的沉默。我得离开了，更确切地说，我得撤退了。我同哈姆韦斯特先生握手道别。伊达始终背对着我，大概是沉浸在对画作的凝思中吧。

如果我知道她为何这么讨厌我就好了。或者说很显然：她不能原谅我睡着的行为。睡觉使我失去了扮演英雄角色的机会，我搞砸了第一次见面，就像不幸的阿齐兹一样，他不知道如何等待他的爱人。但他的爱人起码给了他第二次机会。我却不一定能得到这样的殊荣，但如果伊达可以再给我一次机会，我一定不会再睡着，也不会吃东西，我会猛灌咖啡，我不会坐着不动，而是会时不时站起来走两步以保持清醒，我会奋力与瞌睡虫作斗争，战胜这个新的考验。

仔细想来，她对我睡着这件事或许根本就不屑一顾。早在我睡着前，她只要一看到我就已经是满脸冷漠了。她可能是想给我另一种考验：我接受这种羞辱，索要更多，我不反抗，接受她施加给我的一切，而不向她或其他任何人发出疑问。我目睹了一些奇怪的事情，但我并不试图去理解它们。我被严禁去弄清楚她的行为，我必须等待，直到她愿意透露为止！我被引向了一种真正的神秘体验……

我试图回忆那天晚餐时她说了什么或吃了什么，我深信自己和她的未来取决于我对这些信息的解读。也许她曾给我发出过信号，但是我没有领悟到，所以她生气了！

不论如何，我是决不会和哈姆韦斯特先生提起她的，既是出于自尊心，也是因为害怕知道真相。出于某种隐晦的原因，要想明白这位年轻女子的不屑，除了我设想的这些理由，肯定还有我之前没想到或者不想知道的原因。

不过，有一点是肯定的：我在博物馆轻易认出了她，现在我已经记住她的脸了。以后我若是与她擦肩而过，肯定不会认不出她。但如何接近她呢？我又该说些什么来为自己辩解呢？说我因为刚坐完长途飞机太疲惫？向她坦承，说我每次受邀做客都会在别人家里睡着？提一下禁止吸烟的原因？不，什么都不说，这件事要忘掉，最好在沉默中过去。我可以和她说点其他东西，不过说什么呢？邀请她来听我的讲座？不，这不合适。送她一份我那篇关于睡眠的论文复印件？这主意不赖：它可以缓和气氛；她看到论文的标题就会明白我的暗示，那件事就能翻篇了。不过我知道她不会接受这个礼物的。

　　我经常光顾一个旧书商。下几步台阶，就会置身于一个占地宽敞但光线昏暗的大厅。我对那里的书无甚兴趣，只除了一样，那就是理查德·弗朗西斯·伯顿爵士（Sir Richard Francis Burton）所翻译的《一千零一夜》十卷本（1885—1886），以及后来的补遗七卷本（1886—1888）。

　　多年来，我一直梦想着能读到这一版译本，它是公认的必不可少的参考资料，不仅是因为书本身（人们常说，它"至今尚未过时"），而且还因为它附带的大量注释和"后文"，据说这份详实的研究对于了解《一千零一夜》和阿拉伯文化的诸多方面都有非常珍贵的价值。博尔赫斯也对其赞誉有加，我相信，如果博尔赫斯没有读过伯顿的这个译本，他那些关于《一千零一夜》的文章就不会是现在这样了。K 教授甚至断言，这位阿根廷作家的全部作品都受到了其对伯顿的阅读的影响："如果要研究《一千零一夜》对这位作家的影响，不如谈谈他对伯顿船长的痴迷。"

过去，我曾试图去获寻这个版本，但却徒劳无功。我得承认，我也只是象征性地去找了一下，并没有坚持。我隐约感觉自己永远都不会有机会读到这一版《一千零一夜》，它将永远与我无缘，总之，我还不够资格拥有它，那些能得到它的都是与众不同的人，是特殊的人……但就在这里，我找到了它首印 1000 册，以认购方式销售的其中一套（我找到的这套编号为 287）。它在我最不抱希望的时候出现了，而且是以极低的价格，60 美元。我期待已久，现在它就在那里，我唾手可得，但我又犯了挑剔的毛病，后来才把它买下来。

不过，我几乎每天都会光顾那里，在像影子一般悄无声息的书商的注视下翻阅它。书商穿着背心和格子衬衫，戴着一顶蓝色舌帽，看上去像西部片里的电报员。有一次他神色淡定地走近我，对我说这套伯顿的译本是前不久一对年轻夫妇卖给他的。

"他们要搬家了，这些书不想要了。想想人们在搬家时候扔掉的那些书吧！如果大家不换住所，那书商这个职业会怎样？我这里三分之二的书都来自那些搬家的人，其余的要么是一些读完了就不要的书，要么是来自那些开始了一项研究后只对自己的专业感兴趣、不想被其他书分心的人。总而言之，很少有人愿意留着书。"

我有点摸不准他这番话的意思。他是想和我吐槽那些不尊重书籍之人的随意行为，还是在劝我不要购买这套大部头的伯顿译本？

"我得说，"他继续道，"虽然那位妻子为摆脱了它而松了口气，但她丈夫似乎并不是很想舍弃它。他告诉我，这套书是他从一个远房外祖父那里得来的。前几天他回来找过我，我们交谈期间，他瞥了一眼他的书，似乎在做最后的告别。我想我在他眼里看到了一滴泪。有些妻子很残忍，她们通过让丈夫舍弃自己的东西，舍弃他从之前生活中带来的一切来重塑二人的新家。"

书商对我说这番话一定有他的道理，他急于

告诉我一个他知道的故事，但当时我并不是很想听。在我对睡眠的研究中，我曾指出，故事可能是危险的来源，对讲述者和听者而言皆是如此。

我的讲座主题是《一千零一夜》中被禁止的好奇心。最初只安排了一次讲座，在我的提议下增加到两次，因为我认为自己漂洋过海来到美国只为了区区一个小时的交流是不值得的，也是荒谬的。何况仅一次展示也不足以让我深入阐述这个宏大的主题。

讲座的观众包括二十来个人类学专业的学生和两三个有点年纪的女士，她们一边听我讲一边编织。她们熟练地打着棒针。我感觉自己是她们的特别关注对象。她们在编织着我的命运，难缠的命运，我别无选择，只能相信她们的裁决。

对于我提出的做两次讲座，我的东道主肯定会不高兴。因为存在准备教室、协调学生空闲时间的问题。在向同学们介绍我时，哈姆韦斯特先生着重强调了我的"慷慨"，但过度感谢会令人不快。学生们的脸上就流露出了这种情绪：他们得听两次我的讲座。显而易见，他们不喜欢我。

结束了对我的介绍后，哈姆韦斯特先生又将《一千零一夜》的故事框架进行了简要概括：他讲到不忠的皇后，讲到山鲁亚尔决定每天早上杀死前一天与之结婚的女子，他提到了山鲁佐德，她为了保住性命而开始讲故事。其间，他还就书名进行了拓展：为什么叫一千零一夜？他也没漏掉故事的结局，即讲故事的山鲁佐德最终活了下来。许是为了增加同学们的兴趣，他岔开话题，提到了华特·迪士尼、阿拉丁与神灯、阿里巴巴和四十大盗。

我原以为我的听众都是熟知并喜爱《一千零一夜》的。事实却并非如此，这让我有些猝不及防。他们对阿拉伯文学不甚了解，对此我是有心理准备的。比如，我想他们应该不认识最伟大的阿拉伯诗人穆太奈比（Moutanabbi）。我也不指望他们会知道哈里里（Hariri）的韵文故事系列集，因为该系列集只有一些贫乏的故事得到了翻译。但我万万没想到他们竟连《一千零一夜》也不知道，这可是被翻译最多的阿拉伯语图书，而且常常是在同一个语种内还有数个不同的译本。

但我为何要感到失望呢？为什么他们非得要知道《一千零一夜》？他们又不处于我所熟悉的立场，即阿拉伯的立场。阿拉伯人认为自己必须了解西方文学，对其而言这是一种绝对的必要，是生死攸关的问题。

我的情形有些不真切：我拥有阿拉伯文学的知识，但也正是这些知识把我和我的听众分隔开来。为了传播这些知识，我不得不在某种程度上忘记它。我背负着对我毫无用处的遗产，我的财富是虚假的，因此，它对我的听众不起作用。

我可怕的英语口音倒不成问题，对美国人而言，说话方式并不重要（只有阿拉伯人认为重要……）。不过，我所做的关于"禁止打开一道门"的讲座是想要引起讨论的，门却仍然紧闭着……还是哈姆韦斯特先生接过了话茬，他说我所探讨的主题非常丰富，从《创世记》到侦探小说，这个主题在许多作品中都有所体现。此外，他还补充道，有人认为索福克勒斯的《俄狄浦斯王》是第一个侦探叙事。

我正要起身离开时，编织妇女中的其中一位打破了沉默，说了一段我听不懂的话。我不知该如何回应。尽管我可以用英语表达一切，但让我出乎我意料的是，我只能粗略理解别人对我说的话。更确切地说，对我来说有两种类型的英语对话者：一种是我能理解的，另一种是我一个字都听不懂的。幸运的是，哈姆韦斯特先生属于第一种。

我借助老办法，转向听众，问他们对这位女士所说的话有何看法。哈姆韦斯特先生主动表示，他确信他的学生现在非常想读《一千零一夜》。他的眼中闪着狡黠的光。这个老狐狸猜到了我的意图，主动帮我解了围。这位编织我命运的女士所说的是：您让我们对《一千零一夜》（她说的是《阿拉伯之夜》）产生了阅读兴趣。哈姆韦斯特先生在解释那位女士所说之话的同时，也挽救了局面，还勉强形成了对话。我不得不对这个唯一的回应感到满意。总的来说它适合我，因为我不确定自己能不能招架得住其他问题。

我在一位编织女士身上激起了阅读《一千零一夜》的兴趣，这就是我做讲座的目的吗？我更期待的其实是观众对于我讲座本身的反馈，但不论如何，我没有什么好抱怨的。有了这种肯定，我出现在这里也就不是完全无用的了。这位编织女士也许道出了全场听众的心声，她是他们的代言人，由她负责向我转达这种善意！毕竟，我是他们的客人，他们应该要对我表示尊敬。当然我也不能排除他们是真诚的，真心想读《一千零一夜》。有一天他们会读到这些故事，在不久或遥远的某一天，也许甚至在当天晚上睡觉前就会去阅读它们。他们会打开理查德·伯顿所译的十七卷本中的第一卷，沉溺其中直至天明。总而言之，与我起初所担心的情况相反，我的讲座超出了我的预期。他们或许会立刻冲向伯顿所译的

《一千零一夜》，冲向在旧书商那里正等着他们的那套译本。

我立刻被一种无法抑制的恐慌所吞没。多亏了我，他们才能做成一单好买卖。他们肯定经常光顾旧书商的铺子，他们肯定已经注意到伯顿的译本，而且也不会质疑其价值，是我愚蠢地把它透露给了他们，热情地提到了它。几分钟后，他们就要把这套我不经意间挑剔过的译本买走了。我敢肯定，他们中的每一个人都存着这个想法，并且每个人都在竭力掩饰这个小心思。那位编织女士一定很懊恼自己表现出了对《一千零一夜》的兴趣，她肯定会说早知道应该保持沉默。他们会很快分开，每个人都会让同伴相信自己要回家，并且在巧妙地甩掉对方之后就直奔旧书店。现在的问题是谁会第一个到达；一场精彩的赛跑正在进行……

正当我也要冲向旧书商那儿时，哈姆韦斯特教授拉着我展开了一场漫长的讨论。他问我是不是听力有一些问题，暗指我刚才没听懂的那个问题。我立刻否认了，但他不相信，坚持要我去检查一下，他认为我听不懂人家用英语对我说的话只是由于一般性的听力缺陷。所有这些都耽误了我的时间，沮丧之余，我怀疑他是故意要拖住我，好让他的学生有时间去买到那套书。他得为他们的利益考虑，而且把我拖了那么久，他对我的焦急饶有兴味。但也许他对所有人都不在乎，以一种中立的态度旁观，对即将展开的竞争充满兴致。除非他也想要得到那套无可取代的译本。

但我不会允许这种情况发生，我不会让自己的财产被抢走。所以我断然告别了哈姆韦斯特。我的这一举动令他有些错愕，但我必须在其他人之前赶到旧书店。我成功地领先了，他们都在我后头。不过我还是不放心：他们对这块很熟悉，肯定会走一条捷径，最先到达那里。

当时天色已晚，空中飘起了细细的雪花。我大步流星地朝前走着，时不时回头看看是否有人跟在我后头。突然，我的不安又多了一重之前没考虑到的因素。我的听众也许之前就已经买下伯顿译本了，就在几天前讲座主题公布之后。那这时候着急又有什么用？于是我放慢了步伐，为了在某种程度上推迟得知坏消息的时刻。当我终于赶到旧书店时，书商正要关门。他看了看手表，和气地对我比了比食指，暗示他可以给我行个方便，虽然过了营业时间，但可以容我一小会儿。那套令人垂涎的书还在那里。

走出书店时，我在原地驻足，享受胜利的喜悦。我赢了，我预想了接下来的场景：所有人蜂拥而至，却不仅发现书店打烊了，而且还看到我提着两个大袋子，其中一个袋子装着查德·伯顿爵士的十卷本，另一个袋子里是珍贵的七卷本。

天很冷，路灯的光亮被细雪掩盖，行人寥寥。我驻足良久。无人前来。

一抹倩影在远处掠过。伊达！她小步走近……她也是来买书的，在得知消息之后过来碰碰运气……但她来晚了。一想到她冒着严寒白跑一趟，我就心头一紧，同时也为自己抢先买下感到羞愧。这会儿她离我很近，瞥了一眼我手上

提的两个袋子后，她直视着我，眼神中饱含责备
之情。

这不是伊达。

这是伊达。

我已经不知道了。

手中的袋子很沉。我始终是一个无用而悲哀
的搬运工，不是在巴格达的炎炎烈日下，而是在
美国校园雪地里的搬运工辛巴达。

回到房间后，我把这两个袋子往角落里一
放，不再去想它们了。我再也不想读理查德·伯
顿，也不再去想《一千零一夜》。我一边看电视，
一边吃着大包薯片。

当我前往美国时，我完全没想过自己会找到
《一千零一夜》未出版过的一个故事的手稿。我
必须澄清，我并不是什么珍品或旧物的收藏爱好
者，对其学术研究也没有多大兴趣。虽然我曾用
我一部分的生命致力于阿拉伯古典文学的研究，
但我并不曾查阅过任何一份古代手稿。

就在做完讲座的第二天，我在翻阅伯顿的译本时，在其中一卷中发现了一份古老的阿拉伯文手稿。这份手稿字迹精美，标题写着"努尔丁王子和马的故事"，后面直接跟着正文。手稿空白处有用红色墨水所写的英文注释："一个未曾发表的《阿拉伯之夜》的故事！……"（*An Unpublished Tale of the* Arabian Nights !...）

在对这一非同寻常的发现（我是这样认为的）进行评论之前，我得先誊抄文本，精心翻译。

　　　　幸运的国王陛下啊，我听闻在一次狩猎活动中，努尔丁王子为了追捕一只羚羊而远离了他的护卫队。在一阵策马狂奔之后，他失去了羚羊的踪迹。由于找不到回去的路，他开始任凭马的意愿而漫游。某一时刻，他闭上了眼睛。这肯定持续了一两秒钟，因为就在快从马背上掉下去的时候，他突然惊醒了。周遭的景色倏忽发生了变化。"黑暗之地"出现在他面前，这是令旅行者们闻风丧胆的地方：去里面探险的倒霉鬼全都有去无回。

马停了下来，不愿再往前走。王子下了马，他以为马已经筋疲力尽，驮不动他了，于是决定用缰绳牵着它继续前行。但马固执地一动不动。于是王子陷入暴怒，他握紧鞭子，开始抽打它；但这并没有成功地使马往前挪动哪怕一步。最后，这匹马跪倒在地：它再也走不了了。它是否想用这种恳求的姿态使它的主人改变主意，放弃进入这片未知的土地探险？

王子对这场拉锯战感到疲惫了，于是他决定抛下马独自前行。他手握马鞭，眼含怒意，疾步离去。但马站了起来，挡在他和"黑暗之地"中间。随后，一人一马展开了搏斗，最终，马倒下了，它被鞭子打得半死。王子很快就对自己的暴力行径感到懊悔，他抱住马的脖子，泪流满面。

之后他便离开了。黑暗很快吞没了他。在这片未知的土地上，他看到远处有闪电划过，还能不时地听到身后传来马的嘶鸣声，试图唤回他，警告他危险即将来临，让他回头。但他并未转身，继续朝前走去。

故事到这里就结束了。毋庸置疑，面对这个文本我是存疑的，它只是碰巧出现在我手中。我没有在其他任何地方读到过它，也没有在任何版本的《一千零一夜》中读到过，并且据我所知，也不曾有研究者曾提到过它。我也不认为这是一场针对我的骗局或恶作剧，因为手稿的发现是在排除了人为操控或欺骗的情况下发生的。但这是一个来自《一千零一夜》的故事吗？我是否真的在偶然间发现了一个至今仍未被专家学者们注意到的、不为人知的故事？

不过，对于该文本地位的不确定性并不妨碍我通过内文分析来提出一些假设。我只有匿名注释者的那句话，它强调了这个故事的真实性（这是我根据注释中双重结尾，即感叹号加省略号所得出的判断）。但也许注释者想表达这是一个和《一千零一夜》相类似的故事，它与其中的故事有着相同的讲述方式，因此值得与它们归为一类。我无力鉴别，尽管我的朋友们错误地把我看作《一千零一夜》作品的行家。

最难的是解开注释者的身份之谜。我倾向于认为这个人既非阿拉伯人，也不是法国人，不仅因为这条注释是用英语写的，而且还因为他说的是《阿拉伯之夜》，只有盎格鲁－撒克逊人才会用这种表述。因此我有理由认为，注释者是一个美国人或英国人。

他在和谁对话？他在向谁指明这个故事及其不为人知的特性？是对他自己吗？还是对他认识的人？抑或对未指定的交流者？若果真如此，这一做法就像是把手稿装进漂流瓶，然后托付给了大海。

可以确定的是，他懂阿拉伯语，理由很简单，因为他在用阿拉伯语写成的文本上做了注释。无论如何，他读过伯顿的十七卷本，也读过开罗和加尔各答的版本，各种类型的译本，并就此确认这个故事不在任何版本的《一千零一夜》中。也许，他还读过关于手稿来源以及关于各种不同手稿的文章，读过西尔韦斯特·德·萨西（Sylvestre de Sacy）、J. 冯·哈默（J. von Hammer）、邓肯·B. 麦克唐纳 (Duncan B. Macdonald) 以及尼基塔·叶利谢耶夫（Nikita Elisséef）的研究。他可能还亲自联系了一些《一千零一夜》的专家，他们向其确认从未在其他地方读到过这个故事。如若不然，他如何能断言这个故事未曾出版过？或许它曾出现在这样或那样的汇编之中呢？

遗憾的是，注释者没有说明手稿是如何得来的。在这一点上他是审慎的，并未指出任何参考或来源。这个故事是否是从另一份手稿中复制而来？抑或从一个囊括了这个故事以及其他一些大家耳熟能详的故事的集子中复制而来？但在哪个故事集呢？在哪个故事之前或之后？是哪一夜的故事？这个故事并未标明是哪一夜的，这点还是挺令人怀疑的。

他是否是在某人家中发现了这个故事，并且手稿的主人将其转赠或转卖给了他？抑或他是在一家开罗或大马士革的咖啡馆听一个民间讲故事者的口述而记录下来的？但是，当我们从一个讲故事者的口中收集到一个故事时，即使后者如此认定，我们是否可以据此判定它是《一千零一夜》中的故事？一个众所周知的事实是，十九世纪时，东方的讲故事者都知道欧洲人对这方面的兴趣，他们提供各种类型的故事，声称这些都是《一千零一夜》中的故事。

但注释者为何要把它塞进伯顿译本的其中一卷？他是否想指出，虽然伯顿想穷尽所有故事，但他仍有所遗漏，没有把这篇故事收录到补遗中？值得注意的是，这份手稿被塞入的位置在

"三个僧人的故事"附近，而不是在补遗七卷的其中一卷中，那样会更符合逻辑。这只是简单的巧合吗？

让我们来细究一下故事本身。也许它会给我们提供一些答案。这个故事中的一些主题和元素是《一千零一夜》的读者所熟悉的。有狩猎中的误入迷途，有惯常通向超自然存在的流浪，有恶魔、女鬼……随后努尔丁王子离开他所熟悉的世界，进入一个全然陌生的天地，"黑暗之地"。我不确定是否在其他地方看到过这种叫法，不过"黑暗之地"肯定是以"黑暗之海"（bahr ad-dolomat）为蓝本的，后者在过去指的是大西洋。王子即将踏足的这片土地令人隐约想到"铜城的故事"中迷雾般令人胆寒的场景。暗含的禁止进入与那些不能打开的门有异曲同工之妙，同样是被禁止的好奇心的主题，这是在《一千零一夜》故事中多次出现的主题。

或许我们应该从这方面着手去探寻远处划过的闪电所隐含的意义。它是梦幻般的存在，是小精灵，还是鬼火？它是一种警告、警戒还是邀请？努尔丁或许知道，无论是谁踏入"黑暗之地"都会有去无回。他很有可能曾听过或知道与此相关的某些故事。但又是哪些故事？

关于这一点，他的名字"努尔丁"（Noureddine）在《一千零一夜》中出现过，但故事中的人物与他毫无共同之处。这是一个有意义的名字，意思是"宗教之光"，它出现在一个以主人公进入一片黑暗之地而告终的故事中，这片黑暗之地所指代的似乎是无知之夜。

然而，最令人惊异的还是马的行为。这个动物意象也出现在了其他故事中：乌木马、铜马、会飞的马……但在《一千零一夜》中，从未有一匹马表现得如努尔丁的马那般，几乎和人类的行为方式无二。它竭尽所能阻止主人进入那片土地。是它的本能令他停在了那片黑暗土地的边缘吗？它是否曾踏足过这片土地，经历过它不想再经历，也不想让主人经历的恐怖？唉！它无法说话，它明白一切，却只能通过嘶鸣和一种模仿拒绝的方式来表达自己。

　　谁知道呢，或许这匹马是由一个人变形而来，这也是《一千零一夜》中常有的主题：让我们回想一下那对变成了狗的姐妹，尤其可以联想到变成了猴子的第二个僧人，那个著名的猴子书法家，他无法说话，通过书写来自我表达……只有一点，文本中没有任何线索表明这匹马曾经是一个人类。当然，也没有任何线索可以否认它曾是一个人类的假设。如果这匹马确实是人类变的，他曾在或近或远的某段时间内进入过"黑暗之地"，所以成了这一变形的受害者！那么也许他所希望的正是他的主人能够免遭此祸。如果这个故事有后续，这种可能性也是存在的。

　　现在，该如何看待一人一马之间的搏斗和双方的惨败？这让我隐约记起了什么，它应该使我想起……到底该想起什么？王子又为何流泪？他是在为虐待了马而懊悔还是为即将离开马而难过？到底是谁抛弃了谁？谁才是有罪的那个？不可否认的是，马的绝望嘶鸣和努尔丁的眼泪都为故事引入了悲怆的音符。

但另一个因素使人愈发困惑：王子的睡眠。如果这一切都只是一场梦呢？而且，这个故事在我看来也具有梦的结构，甚至有一种噩梦般的幻觉。这场与马的夜间搏斗、这片不确切又未知的土地；尤其是这种非要往前走的执拗，这种在充分了解了情况后还要去面对危险的难以抑制的欲望，这种危险近在眼前的感觉，所有这一切都表现出梦转为噩梦后的紧张和焦灼。噩梦和马。噩梦，夜晚的母马……

从另一个层面来看，毋庸置疑，这个故事是极其凝练紧凑的。并不是说《一千零一夜》中没有短小精悍的故事，但是这个故事短得不可思议，让读者意犹未尽。这个故事并没有《一千零一夜》中故事的那些赘余、重复的表述，诸如"那些天里的某一天……""远古时候……"最重要的是，它是用古典阿拉伯语写的，这或多或少也会令人心生疑窦。最早的《一千零一夜》手稿是用一种较为复杂的方言写就的，人们称其为标准阿拉伯语（moyen arabe）。我手头的这个故事很可能是经过重新加工、改写的，但如果是这样的话，其原始版本是哪个故事？又是谁改写了它？

此外，如果说这个故事以"幸运的国王陛下啊，我听闻……"的惯例开头，那它并没有像《一千零一夜》中的故事那样结尾，至少是大部分故事。惯常的结尾应该是："幸运的国王陛下啊，这就是努尔丁王子和那匹马的动人故事……"缮写人是否是因为疲劳才没有写，还是因为他认为这句话是多余的，没有这句话也不影响故事的整体性？换言之，是不是他"篡改"了文本？

通常情况下，一个故事会在开篇指明主人公出生的国家。但这个故事却并非如此。而且除了打猎，故事中也没有交代任何关于主人公的背景、父母、所受教育、爱好等信息。基本上，除了给出了主人公的名字以及惯用开篇语，文本中没有任何提及阿拉伯世界、东方的内容。故事的背景可以是在任何国家的任何地方。

所有这些都无法明确文本的真实性。它是一个笨拙的模仿、荒谬的伪造吗？伪造者（若真的存在，那么他是那个注释者吗？）犯了一个明显的错误，他没有考虑到使用那些让我们能够立刻分辨出属于《一千零一夜》故事的基本惯用语体。

抑或是他太聪明了？他想通过粗心漏掉惯用语来给读者留下一个谜？这不是《一千零一夜》中的故事……一个伪造者通常都会留下其犯罪痕迹，因为他内心的某个地方有被识别和认出的渴望。

（为什么我坚持把注释者说得好像他一定是个男人？如果是一个女人呢？）

当我们细察这个故事的结局时，不确定性增强了。这真的是一个结局吗？这个文本是不是不完整？是不是有一个未被保存下来的续篇？伪造者是否囿于想象力的局限，无法编造出一个续篇？或者，恰恰相反，这是一个必要的、刻意为之的结尾，产生了美学效果，给一切遐想赋予了丰富多样的可能性？单就目前而言，故事是完美的。若要添个续篇反而会破坏它。作者肯定是这样想的。结局的残酷性并不一定是缺陷，想想希区柯克所写的那些结尾吧，尤其是埃德加·爱伦·坡（Edgar Allan Poe）在《阿瑟·戈登·皮姆历险记》（*The Narrative of Arthur Gordon Pym of Nantucket*）中给出的谜一般的结局！

此处我所面对的是作者（注释者？）的文化问题，以及仅凭一页手稿去回答这个问题的徒劳尝试。故事中的"黑暗之地"难道不是约瑟夫·康拉德小说《黑暗的心》的再现吗？该小说的故事发生在非洲腹地，发生在主人公库尔兹无法折返的黑暗中。而努尔丁的眼泪又怎能不使我们联想到尼采的眼泪？尼采在都灵看到一个车夫在鞭打一匹马，他抱住那匹马啜泣不已，随即陷入了精神错乱。这个类比令人唏嘘不安。"黑暗之地"因而成了疯癫的隐喻。注释者想必是尼采的读者，他想通过转述这位哲学家的故事来开一个玩笑。这个故事于是仅仅只是对于尼采生命中一个戏剧性插曲的伪装叙事。尼采成了《一千零一夜》

中的人物……

我的第二次讲座包括两部分内容：禁止发问以及在一些奇幻之旅中禁止提及真主阿拉。当然，《一千零一夜》中的人物都会违反禁忌，并受到严惩。好奇心让每个僧人付出了一只眼睛的代价，让俄狄浦斯失去了两只眼睛……

在讲座的结尾，我的听众严格遵守禁止发问的法则。我怀疑他们是不是在生我的气，因为我抢先一步买下了他们梦寐以求的伯顿译本。

走出教室，我看到哈姆韦斯特太太正在走廊里等他的丈夫。伊达陪着她一起，一看到我便急着要走。这已经成为一种习惯了……我看着她匆匆离去。格拉迪瓦 [①]……哈姆韦斯特太太见我满

[①] 格拉迪瓦（Gradiva）是馆藏于梵蒂冈基亚拉蒙蒂博物馆的一件浅浮雕展品，所呈现的是一个正在行走的女子。"格拉迪瓦"这个名字首次出现是在德国作家威廉·詹森（Wilhelm Jensen）的小说《格拉迪瓦》中，在拉丁语中指的是"行走的女子"。荣格曾把该小说推荐给弗洛伊德，后者据此撰写了《詹森的〈格拉迪瓦〉中的谵妄与梦》一文，用以解释外部影响如何会引起潜藏在人灵魂深处的精神张力。此处作者则是把一见他便扭头离开的伊达比作行走中的格拉迪瓦。译者注

脸焦虑，便悄声对我说：

"我看您心事重重。您是爱上伊达了吧？这很明显，自从第一天您见到她的时候就能看出来。"

我刚想辩解，她就打断我：

"您别否认，那天晚饭时我注意到您看她的眼神，您对她充满了爱慕之情，您的目光就没有从她的脸上移开过，旁的您都不在意了，眼里只有她。您睡着之后，还数次以各种方式提到过她的名字：伊达、艾达、阿伊达、埃达。但您要知道，她叫伊达，我不妨现在就告诉您，您没有机会，她不想和任何男人扯上关系。对她来说，男人都是坏胚，一个女人绝不该相信他们。"

为什么伊达会抱有这种极端的态度？在她的生命中，在她的过往中，是什么致使她做出了这个决定？或许她经历过一次巨大的创伤，从此后就再也不愿谈论爱情关系了。

"您千万别以为，"哈姆韦斯特太太继续道，"她受过情伤或者有喜欢女人的倾向。她的故事既简单又复杂。该怎么和您说呢？她对于所有关系的排斥来自她的阅读。青少年时期，她读了《包法利夫人》，爱玛深陷绝境时，没有人，没有一个男人施以援手，伊达被深深地触动了。赖昂和罗道尔弗都没有对她施以援手。归根结底，男人是致使爱玛走向毁灭和自杀的原因。这部小说对伊达的影响很大，她为此还病了一场，掉了很多眼泪。从那以后，她就不相信男人了，认为女人与男人交往只会尝到失望和痛苦。而且，她读过的所有小说描写的都是同样的事情。"

于是我明白了为何伊达对我避之唯恐不及，但我还是想辩解一下，想纠正她说我看伊达的方式。哈姆韦斯特太太却没有给我开口的时间。

"您让伊达感到困扰，她希望您不要再打扰她，别再盯着她看，不要再用您的欲望来追求她。您能答应我吗？"

我答应了她。

但为什么伊达不亲自对我说呢？她真的委托了哈姆韦斯特太太来向我转达这一信息吗？我应该相信哈姆韦斯特太太告诉我的这些吗？她又

在何种程度上参与到了这个故事中呢？她与伊达的观点一致？那么她又是如何处理同丈夫的关系的？最后这个问题我不敢问，只提到了查理·包法利，这个可怜的"查包法利"①，他深爱着爱玛，陷在爱玛的死亡中，最后也没能活下来。哈姆韦斯特太太不满道：

"但他是一个毫无情趣的扁平人物。一个年轻女人需要一个男人去搅乱她的心湖，他要能激起她的想象力，让她遐想。"

如此双重标准，不合逻辑……

正好这时，哈姆韦斯特告别了学生与我们会合。

"一起去喝一杯吧。"他说。

到了咖啡馆之后，我仍然对所了解到的伊达的情况耿耿于怀。

---

① "查包法利"（Charbovary）这个称呼出现在《包法利夫人》的开篇，讲的是小查理·包法利（Charles Bovary）在新班级做自我介绍时因口齿不清把自己的名字叫成了"查包法利"而引得全班同学哄堂大笑。译者注

哈姆韦斯特先生从上衣内袋里掏出一个笔记本，翻到某一页，然后开始读一首名为 *Lamiyyat al-arab*① 的诗。他说这是最古老的阿拉伯颂诗，侠盗诗人尚法拉（Shanfarâ）向众人宣布，他将离开他们，去沙漠中与鬣狗和豺狼生活，那是他的新家庭。

"他的新家庭，"哈姆韦斯特先生一边重复，一边点头。

显然，他读得很满足。他应该没什么机会在别人面前朗诵阿拉伯诗歌，更不必说用阿拉伯语原文朗诵了。他自己编了个文集，记在一本笔记本上，一直放在靠近心脏的那个内袋中。这是我第一次在非学术的场合听一个非阿拉伯人朗诵阿拉伯语诗句。

"现在请听另一位古代诗人所写的诗句：

如果你爱上一个女人，

---

① 译为《拉姆韵阿拉伯长诗》，每行诗句的最后一个字母都是 "L"，阿拉伯语 "lam"。译者注

不要围着她转，不要想着去看她。

待在屋里，

有一天她会来敲你的门。

"已经有很多人评论过这几句诗。有些人从中看到一种对于年轻人的欲望的虚荣心，甚至是短暂欲望的忧郁思考。

"有些人批评诗人只针对男人。他对恋爱中的女人又有什么建议？也是持同样的态度吗？他们说，不论如何，女人的命运就是被困在等待的阴影中闭门不出。

"有些人则是误读了文本。他们把'不要想着去看她'这一句诗读成了'不要想着拥有她'①。毋庸置疑，这些人是被罗兰·比达尔（Roland Bidard）的法译本给误导了。这个译本中更为严重的错误在于把最后一句翻译成了'有一天她会来按你的门铃'，这显然是犯了年代不

---

① 法语中"voir"为"看"，"avoir"为"拥有"，二者词形接近，但含义完全不同。译者注

符的错误。

"最后，还有人则认为，这首四行诗是诗人已经处于人生暮年，渴望得到永恒的安息时所创作的。他们补充道，不会有女人来敲他的门，欲望之花已凋零，除了死亡，他别无所求，虽然死亡暂时还未到来。但有一天晚上，他得到了一个启示，正是关于他诗歌的启示！一句美丽的诗语叩响了他的门。这就是他终其一生在寻找的东西，虽然他自己并未意识到。"

哈姆韦斯特沉默了片刻，看起来感触颇深。

"'待在屋里'想表达什么意思？"他再次开口。"我认为这并非字面意思，而是想表达'不要放弃自己'的意思。

"最难解读的是诗人在第二段四行诗中的反讽语调：

> 当然，你得待在屋里
> 但你不会照做的
> 你会出门，等她来敲门时

你已不在。

"这些诗句的成功使得音乐家们纷纷以此为素材进行戏仿创作。其中最有趣的当属下面这段:

如果你爱上一个女人
离开屋子,到外面去
当你回来时,打开门
你会看到她正在你家。"

哈姆韦斯特一点一点翻译给妻子听,他的妻子新奇又开心地凝视着他。

结束两次讲座后,我就有了充足的时间来研究努尔丁和马的故事。我确实产生了发表它的念头,并打算随附一份研究报告,我将在其中讲述我发现它的情况。我计划以注释的形式来指出这个故事与《一千零一夜》中一些名篇故事的大量相似之处。整个研究应该会形成一篇二十来页的文章，标题会采用注释者的话，但改成疑问的形式："一个未曾发表的《一千零一夜》故事？"我通过这种不确定来减轻自己的责任，但这也势必会将读者引向质疑，从而在某种程度上违背了注释者的初衷，因为他并不怀疑这个文本的真实性。

但该去哪发表这篇文章？我首先想到了《阿拉伯研究》，我那篇关于睡眠的论文就刊发在那里。我当然很想去咨询一下 K 教授。毕竟是他帮助我走上发表之路的。但我知道他病了，自从他着手重现《一千零一夜》"真正的"结局，他就患上了严重的抑郁症。他不再和任何人说话，也不再回复任何信件。和努尔丁一样，他的双脚踏上了一片未知、黑暗的土地：超出了《一千零一夜》的范围，也即《一千零一夜》没讲到的内容。唉！但却没有一匹马去试图阻止他……

失去了他的支持，我感到自己寸步难行。《阿拉伯研究》的编委会很有可能会拒稿。他们会说我在招摇撞骗，还会揭露所谓的发现手稿不过是叙事文学的老套路罢了。从一本书中掉落的手稿！为什么不干脆说是在阁楼里一个布满灰尘的箱子中发现的？他们可能还会补充，如果我想要模仿创作，只需公开宣布，人们自会来评判我这篇故事的优劣。很明显，如果我是在法国国家图书馆或是在莱顿大学发现的这份手稿，那么它受到的对待就会有所不同。

之后我又想到了文学期刊。但哪个文学期刊愿意发表一篇附有大量注释和学术评论的故事呢？即使有幸被接收，也是作为虚构小说。如此一来，它就会贬值，因为一个文本被认定为是真实的还是杜撰的，其价值是不同的。

由于我需要一位权威人士的意见，我就去请哈姆韦斯特先生帮忙了。哈姆韦斯特先生对着手稿研究了许久后对我说：

"总之，您想效仿埃德加·坡在《一首诗的诞生》中所做的，他在其中讲述了《乌鸦》是如何创作的。而您想写的则是《一个故事的诞生》。只是您没有声明自己是所分析文本的创作者……

我自然赞同您发表此文的想法。至少可以说这是一个奇特的故事，绝对会引起人们的兴趣。任何人读到它都会想要评论剖析一番。至于说它是否真的是《一千零一夜》的故事……它具备《一千零一夜》故事的什么特点，什么属性？也许这是一个能让人联想到《一千零一夜》中其他故事的故事。从这个角度来看，它确实是其中的一个故事……"

多亏了那对搬家的夫妇，这个遗赠自远房外祖父的手稿到了我的手里。如果他就是那位注释者！我们甚至可以认为他是伯顿译本首印 1000 册的其中一个订购者，因此，他是一个非常积极主动的读者。我开始对这位先人产生兴趣，同样还有他那粗心大意的后人，没检查一下书里有什么就直接把书卖掉了。

此外，我对保留这份手稿还有些顾虑。严格说来它并不属于我。而且，老实说，我得把它归还给它的合法拥有者。不论如何，我必须和他谈一谈，征询他对于我发表计划的意见。我有一种感觉，这个谜题的关键在于他，起码部分在于他。

之后我就上书商那儿打听去了，书商听完我说的感到非常惊讶，向我投来一个怀疑的眼神，他可能觉得我是在编故事，或者在懊恼为何不是他自己发现的这个手稿。当我告诉他我打算归还手稿时，他才放下心来。

"您放心，"他说道，"我的客人们或早或晚，都会回我这儿的。到时候我给您引见约翰·佩里（这是他的名字）。不过我得提醒您，他会销毁这个文件的，因为自从遇见了他的妻子约翰娜，他就一直在努力清除过去拥有的所有物件。与妻子的相遇，对他而言就像是一个启示。之前所经历的一切，在他眼中都变得一文不值。所以他和朋友们断绝了来往，更新了衣橱，搬了家，购置了新家具，把书都卖了，撕毁了学校的笔记本和一直保留到那时的信件。他对自己很残忍，他烧掉了照片，那些从他出生起，在他生命不同阶段所拍的各种照片。我很担心您和我说的这个手稿也会遭受同样的命运。"

这个约翰·佩里的故事与书商之前所说的版本略有不同。这个版本中年轻人的妻子并没有逼他去清除过去的痕迹。

"但这都是为了她，因为遇到了她，他才决心切断一切。"

不过，这两个版本的确相差不大，而且在结果上是一样的。

在我内心深处，就我刚刚所听到的故事而言，我并不是很想去见这样一位不在乎自己的人，他避开镜子，试图系统地抹去过去生命的痕迹。他的行为不就像是那个在儿子出生前夕把自己的书都扔到海里去的学者吗？尽管如此，我还是把自己的电话号码留给了书商，请他转交给约翰·佩里先生。几天后，他联系了我，我们约在星巴克咖啡馆见面。

我不知道怎么把他认出来，不过书商应该跟他细致描述过我的长相，因为他找到了我。他戴着一副文绉绉的圆框眼镜，留着小胡子，打着领带，不过让我诧异的是他的紧张抽搐，他嘴角抿起，露出反感、苦涩、厌世的神情。

我给他看了手稿并解释了其中的内容。

"我没学过阿拉伯字母，"他说，"但我能认出这个注释的笔迹，确实是我那位先人留下的，他懂阿拉伯语。您肯定会保管好这份手稿的，我对此没有任何异议。"

我对他说，我会在我的研究中注明他已授权我发表这个故事，并向他致谢。他似乎在想什么，随后提出：

"故事中缺少女性人物，我觉得它是不完整的。《一千零一夜》中的所有故事都离不开爱情，至少我所读到的都是这样。不过，在'黑暗之地'能遇到什么样的女人呢？"

我倒没想过这方面的问题。一个女人……他的声音里有一种悲伤，类似于那位学者把书扔进海里后一定会感受到的悲伤（他不久后就死了）。

几天后，约翰·佩里邀请我去他家里吃晚饭。他的妻子娇小丰满，有一双浅色的眼睛和一头淡金色的头发，始终给人一种要哭出来的感觉。她看起来似乎需要抚慰。所以他会时不时握住她的手，好像要帮她驱散那无可挽回之憾，推开那汹涌的焦虑之流。伴随着长久的沉默，这顿晚餐吃得很压抑。

墙壁因为一些绘画复制品而增色不少，不过令我惊奇的是，玻璃窗后有一张泛黄的老照片，照片上是两名置身于非洲景色中的男性，他们头上戴着殖民时期的帽子，脚边立着步枪。其中一个较为瘦弱，戴着单片眼镜。另一个人则留着八字须；照片中只能看到他笔挺的身型，他瞳孔的光亮使他看上去有点吓人。在背景中，一个黑人男孩正咧嘴笑着。约翰·佩里注意到我对这张照片感兴趣。

"这个大胡子就是理查德·伯顿船长，大家都叫他'人类恶魔'。另一个是我的远房外祖父。他是苏格兰人，经常游历各地，他的阿拉伯语就是在埃及学的。他遇到了伯顿，二人乔装一番，打算去麦加朝圣，但是在路上，我的外祖父腿部受伤感染，不得不放弃了这个计划。之后，二人又一同前往非洲的阿波美王国，活人献祭在那里是很普遍的事情。我的外祖父对这种做法印象非常深刻，他在日记中用了很多页来描述这一见闻。所以我们才能知道，每当罗伊格莱－格莱国王（roi Glé-Glé）想要给已故的父亲传递讯息时，他就会召来一名囚犯，巨细无遗地把需要传递给彼世的信息告诉他，随后将其斩首。"

我想没有必要去询问约翰·佩里这本日记的下落，它可能已经在某个冬日的夜晚被扔进了炉火。不过他留下了这张照片，因而就和从前的生活保持了一种联系，尽管这联系是如此微弱。虽然他厌倦地销毁了一切，但却放过了一张照片。现在要毁掉它已经是为时已晚。无论我们如何去清除那些痕迹，还是会有一些存留下来，过去的幽灵会在某一时刻重新攫住我们。约翰·佩里一定明白了我的想法，因为他指着照片对我说：

"如果您想要这张照片，可以拿走。"

和手稿一样，他把照片也送给了我。他是不是看我盯着照片不放，就以为我想得到它？我被一种越来越强烈的不适感折磨着。*如果您想要！*他是不是在邀请我把这张照片作为附录加进我的研究中？或者，他对留下了照片而感到羞愧，所以想把它交给我，让它消失？后一种假设让我一点儿也高兴不起来。为什么他不自己承担起责任，反而让我去为他的过去收拾残局？

我在美国的逗留即将结束。回国的前两天，哈姆韦斯特夫妇请我去餐厅吃饭。整个晚餐期间我都在期待着伊达的加入。每次餐厅的门一开，我就一激灵，希望来人是她。我的东道主猜到了我的心事，他们交换了一个眼神。哈姆韦斯特先生有些尴尬，但哈姆韦斯特太太似乎在为我的失落而幸灾乐祸。他俩都知道一些我永远不会知道的有关伊达（也许还有我）的事情。他们不会透露给我，而我也不敢问。

临别时，哈姆韦斯特先生对我说，他的学生

会记得我的，哈姆韦斯特太太则送给我一条酒红色的小围巾。

回到住处后，我决心不睡觉，等伊达。那个古代阿拉伯诗人曾向我保证，她会来敲我的门。我所要做的就是保持清醒，不能因为睡着而失去一次新的机会。

我坚持了一晚上，到了早上，我决定不出门了，甚至不出去吃饭了。我要禁食，我要扛住饥饿和睡意，我会战胜这第二次挑战的。我有一整天的时间，充满希望的一天，外加一个晚上。

我快速收拾好行李。房间顿时就空了，有种冷清的意味。

夜幕降临，我仍在等待，我相信诗人的话。至少他不会拦住伊达，也不会背弃我。唉！我终究不敌困意，沉沉睡去，直到第二天早上送我去机场的司机到了才醒过来。

在前台，夜班门卫告诉我，有个年轻女子来找过我。

"她上去敲了您的房门，但您没开门，她

以为您出去了。于是她就下来了，在下面等了您好久。"

门卫的口气略带责备。

司机和当时到机场接我的是同一个，他似乎很高兴再次见到我。这一次他没有开错路，径直朝机场驶去。

山鲁亚尔的第二次疯癫

不久前，我的一个学生伊斯梅尔·卡姆洛（Ismaël Kamlo）对《一千零一夜》开展了一项研究。审稿专家的意见是，该研究不乏原创性，但他们指责其冒失地打破了一般学术研究的常规方式。

伊斯梅尔·卡姆洛是一个优秀、热情、会质疑的学生，他是那种自认为比老师聪明，喜欢给老师挑错的人。我得承认，在我收他做学生的第一年里，他让我很不舒服，因为他对我表现得仿佛他才是老师。这种情况一直持续到我发现了他的弱点为止：他需要被认可。于是我当着其他同学（他们常常用阿拉伯语、法语或是英语取笑他名字中的多重含义）的面认可了他的才华，我表扬了他，通过这种方式成功地使他收敛了一些。

他不再会在课堂上高声插话，但他会在课后马上来找我，告诉我他个人的阅读情况。他的阅读量很大，但偏爱那些小众的、边缘的，甚至被遗忘的作品，那些我曾听说过但还未读过的作品："驼子"亚当①的《树荫的游戏》、塞万提斯②的《贝尔西雷斯和西希斯蒙达历险记》、罗特洛③的《费德尔》、肖代洛·德拉克洛④的《女性的教育》、弗里德里希·施勒格尔⑤的《卢琴德》、巴尔扎克的早期作品、福楼拜的《十一月》、普莱

---

① 亚当·德·拉·阿莱（Adam de la Halle，约1240—1288），13世纪出生于法国北部的游吟诗人、作曲家。他自称"驼子"亚当，被认为是中世纪最后一位游吟诗人。译者注
② 塞万提斯（Cervantès，1547—1616），西班牙小说家、剧作家、诗人，因其著名小说《堂吉诃德》而享誉世界文坛。译者注
③ 罗特洛（Jean de Rotrou，1609—1650），法国剧作家、诗人，与高乃依、拉辛等伟大剧作家生活在同时代。译者注
④ 肖代洛·德拉克洛（Pierre Choderlos de Laclos，1741—1803），法国小说家、军官，其代表作是著名小说《危险关系》。译者注
⑤ 弗里德里希·施勒格尔（Friedrich Schlegel，1772—1829），德国诗人、文学评论家、语言学家、哲学家，是德国耶拿派浪漫主义的主要人物。译者注

特－马拉西斯和奈特蒙 ① 的专栏文章……在此我就不向列位读者介绍他的阿拉伯语阅读清单了，里面的书名都很奇怪，令人联想到花和宝石……

他也读些被认为是不祥的书，有一天他送了我一本洛夫克拉夫特（Lovecraft）的《克苏鲁的踪迹》（*La Trace de Cthulhu*）作为礼物，还对我说，据传这本书会给阅读它的人带来不幸。他是不是想借着送我一本不可读的书，并大谈其负面名声来取笑我？不过，他一定早就料到我不会去看这书的。但也许他是高估了我的精力，想在我身上寻求共谋：您和我，我们没有这种迷信思想。当然，我把《克苏鲁的踪迹》放在了书架的上层，至今还没翻开过。

在准备硕士论文时，卡姆洛屈尊去研究了一个知名的、热门的、受到普遍赞誉的作品，即莫泊桑的《漂亮朋友》。他的论文题目是"乔治·杜

① 普莱特－马拉西斯（Auguste Poulet-Malassis, 1825—1878），法国出版家，是诗人波德莱尔的好友，出版了其诗集《恶之花》；奈特蒙（Alfred Nettement, 1805—1869），法国记者、评论家、天主教和正统派史学家。译者注

洛瓦或灰姑娘情结"。我得说这是一个有趣的主题，他阐释得很出色。根据论文标题所展示的前所未有的观点来阅读，乔治·杜洛瓦（据莫泊桑所说，这是个"一双脚生得很有模样"的人物）的故事获得了新意，似乎很明显还是对夏尔·佩罗 ① 童话的改写。

　　不久后，当他在考虑博士论文的主题时，我强烈鼓励他继续沿用同样的思路，研究莫泊桑所有作品中的神话基调。但出乎我意料的是，他决定要在《一千零一夜》上下功夫。其间，我那本关于睡眠的研究《不眠之夜》已经出版。我在书中以无可辩驳的论点（至少到目前为止还没有人试图反驳我）阐明，山鲁亚尔从不睡觉，他的长期缺觉在很大程度上导致了他嗜杀的疯癫。我想，卡姆洛正是在读了这篇文章后才转变视角，

---

① 夏尔·佩罗（Charles Perrault, 1628—1703），法国诗人、作家。其童话故事《鹅妈妈的故事》至今仍广为流传。文中提到的夏尔·佩罗的童话即指收录在该童话集中的故事之一《灰姑娘》。**译者注**

进入了另一个研究领域。

对此，我一点也高兴不起来。以我的经验来看，我知道研究《一千零一夜》的难度所在。这是一部鸿篇巨制，从某种意义上说，它并不仅仅是一本书。不过这并不是伊斯梅尔·卡姆洛的研究计划使我生气的原因。长久以来，也许是从童年时期开始，我对《一千零一夜》都是心存感激的。这并非是我个人的体会：我观察到，许多评论《一千零一夜》的人都是出于感激：它陪伴在他们的生命中，给他们带来了快乐，对某些人来说，他们最早读到的书就是《一千零一夜》。就我自身而言，在出版了《不眠之夜》后，我就感觉自己像是尽到了足够的义务，虽然并不知道是对谁或者对什么事尽义务。带着一种如释重负的感觉，研究工作甫一结束，我就把借来的书还到了图书馆，把手头上的不同版本和译本整理好，把用过的资料、档案、复印件进行了归档，把我的桌子收拾整齐，把每张纸、每样东西摆回原位。最后，带着难得的愉悦，我撕掉了我的草稿。

我再也不想听任何人谈论《一千零一夜》了，我拒绝去阅读关于它的文章，当有人出于好心告诉我有新的评论文章发表时，我都会报以不爽的感叹。又来一篇关于山鲁佐德的研究！我会情不自禁嘟囔着引用《圣经》中的俗语："扫罗也在先知中吗？"①

我得说，我的书甫一出版，我就陷入了严重的抑郁。人人都说童话有治愈功能，但《一千零一夜》给我带来的却更多是负面影响。毕竟，人们不是说这本书对于任何一个读完它的人来说都是有害的吗？我所研究的主题确实不怎么能引起注意……事实上，我已经完全失去了对生活的控制，活得像个梦游者。我看似在教授课程，出席同事的会议，参与论文评审。虽然我从未明

---

① 在《圣经》中，扫罗是以色列的第一位国王，受神的旨意而膏立。但后来他违背了神的旨意，不再虔敬，又忌恨追杀大卫，最后招致了上帝的审判。此处作者引用该《圣经》俗语意在表明自己怀疑这些评论者是否真的如他一般对《一千零一夜》心怀感激与虔敬之情。译者注

确提出过，但我每天都在思考的生活准则就是：让我一个人安静待着！每当电话声响起或是有人按响门铃，我都会惊慌失措，我对自己的工作和周遭的人都不再有兴趣，我不看他们，也几乎不去听他们，因此可以说我已不再是这个世界的一份子。

现在我的情况稍有好转，我满怀苦涩地注意到，我错过了许多爱我的人，也错过了大量到手却无法阅读的书。

疲惫之下，我还是同意了指导卡姆洛的博士论文。他的学术能力不容忽视，此外（我应该说出来吗？），我也想和他保持良好关系：他读我的作品（他是我的学生中唯一这样做的，也许是因为我曾表扬过他），他知道我的每一篇文章，甚至是那些我想要忘掉的文章。这无疑是令我高兴的，但同时它也使我心中产生了一种模糊的义务、一种多关照他的责任感。

当我问他想写什么主题时，他踌躇片刻后开

始了一场在我看来稀里糊涂的讲话，最后总结说他想将题目定为"山鲁亚尔的第二次疯癫"。我对他说，这不是一个严格意义上的论文题目，无法得到学术界的认可，它更像是一篇小说，或至多是一篇随笔的题目。谈话期间，我的手里正好拿着刚收到的一篇厚重的论文，作者探讨的是塔西迪①《快感和惬意》中的经文—诗歌辩证法。

"这才是一个严肃、科学的主题。"我不无恶意地对他说道。因为他这个题目让我害怕，我怀疑它掩盖了一个巨大的空白。卡姆洛摇了摇头，那神情仿佛在说：经文—诗歌辩证法，真是胡说八道！他坚持自己的研究主题，并再次展开了长篇大论般的解释。为了结束这次谈话，反正我不想再听了，我要求他先撰写一份报告。这不仅仅是一种摆脱他的方式：从行政层面讲，博士注册文件必须随附一份报告。

一两周之后，他交给我一篇十来页的文字，

① 塔西迪（Tawhidi，约 923—1023），阿拉伯世界哲学家、评论家，被誉为 10 世纪最具影响力的知识分子和思想家之一。译者注

我答应他会看，但草草翻了一下后我就放一边去了。在我们讨论这篇报告时，我假装已经读过了。翻页时我无意间注意到埃德加·爱伦·坡的一篇文章标题，"山鲁佐德的第一千零二个故事"。为了说点什么，我说我不太喜欢这个故事。于是我便能够开始和卡姆洛对话了。我费了很大努力集中精力，终于搞明白他的研究是基于《一千零一夜》的结尾部分展开的。我对于他的论文定这个主题并无异议，但这个主题已经有一篇相关论文了，即海因茨·格罗茨费尔德（Heinz Grotzfeld）的"被忽视的《阿拉伯之夜》的结尾"。但我忍着没有说出来，万一卡姆洛在他的报告中提到了这一点呢？我扫了一眼参考文献：这篇文章赫然在列。为了掩饰我的纷乱，我问他对这篇文章有何感想。他回答说他很喜欢这一篇，但他正在考虑一个该文章没有提到的结尾。于是我明白了，他找到了一份包含着不同结局的手稿，并打算对其进行批判性阐释。最后我们达成一致，在他所坚持的那个题目下面加一个副标题："一个未曾发表的《一千零一夜》的结局"。

当我建议他去与全世界从事这方面研究的学者取得联系时，我想我在他身上感受到了一种不情愿。他似乎有一个不想过早透露的秘密，也许还在防备着我，天知道为什么。总而言之，我感觉他有一个想法，但他讳莫如深。但这一切在我的脑海中都是模糊的，正如我之前所说的，我完全没有好奇心。

注册完博士题目后，卡姆洛就消失了，三年中我都没有再见到过他。不过，他在新年时发出过生命迹象的信号。

他从纽约给我寄来了一期《泰晤士报文学副刊》，上面刊有一篇文章，讨论的是我在学术生涯早期撰写的一本专著《伪造文书的诗学》，其英文版刚刚面世。这篇文章的标题很神秘："她戒指上的魔鬼"（Le démon sur son anneau：原文中用以指明女性的细微差别——"她"——在法语中消失了）①。虽然我很欣赏这个标题的美感，但我看不出它与我那本书的内容有什么联系。不过我随即想起自己曾在书中讲过一则轶事：一个女人想要在她的戒指上刻上魔鬼的形象，于是她给金匠指定了著名作家贾希兹②作为篆刻模板，后者以其丑陋闻名于世，当时他正在过马路……该文章的作者以敏锐的洞察力和雅致的文字将这个故事套用到了《一千零一夜》的故事框架中，故事内容是一个女人被魔鬼囚禁，她轻易瞒过了魔鬼，收集她情人的戒指，共计五百七十枚……

卡姆洛还从大马士革给我寄来了一张明信片，上面说他去那里采访民间讲故事者，尤其是采访一个叫纳哈(Naha)的人。这让我有些疑惑：当卫星广播了一切，中东的咖啡馆还有民间讲故事者吗？

---

① 文章标题原文为英文："Devil on her Ring"，对应的法语为"Le démon sur son anneau"。其中主有形容词"son"在法语既可表示"他的"，也可表示"她的"，模糊了性别。译者注
② 贾希兹（Jahiz），本名艾布·奥斯曼·阿慕尔·伊本·巴赫尔·基纳尼，其故事集《吝人传》是阿拉伯古典文学代表作之一。译者注

最后，他这次是从巴黎给我寄来了馆藏于法国国家图书馆的一份手稿的副本（它的出处是：巴黎，624，n° 3654）。手稿内容是"阿塔夫的故事"，这个故事并没有收录进《一千零一夜》的通行版本中，但理查德·伯顿将其收进了他所编译的《一千零一夜》补遗卷的第七卷中。马尔迪鲁斯[①]医生也将其收录进了他的法译本中，故事标题为"魔法书的故事"。卡姆洛对这个故事很感兴趣，他在信中写道："故事中轻快的语调、快速的节奏及突然的反转使人联想到连环画。"但最令他印象深刻的是故事的序言，他说，正是故事的序言"支持他那篇关于《一千零一夜》结局的论文"。

哪篇论文？哪个结局？卡姆洛在信的最后说了这样一句令人费解的话："哪怕这个结局不存在，我们也要把它创造出来。"这也许是句玩笑

①　马尔迪鲁斯（Joseph-Charles Mardrus, 1868—1949）是法国医生、诗人、翻译家，他在1898—1904年间翻译了《一千零一夜》，分为16卷，共116个故事。译者注

话，但也是个令人不安的玩笑……我立刻疑心他是否想偷偷把一个自己创造的结局说成是前人所作或是某个他所找到的我不知道的手稿中的结局。

我随即慌了神。一篇基于骗局的博士论文！在论文答辩时，教授们会讨论这篇论文，却不知道它其实是一部小说。卡姆洛对学术机构摆出轻蔑的姿势，他将会获得一个体面的评语和答辩委员会的一致祝贺，他们会推荐他的研究成果出版。这个研究有着博士论文应具备的一切表象、令人惊叹的博学、丰富的脚注、详尽的参考文献、专业术语的索引……这将是大学历史上第一次一篇虚构小说以论文的形式呈现，还通过了论文答辩。它出版后，会有人去读，去评论，有一天会有人去核查，然后便会大肆曝光这桩欺骗。消息会传到我的学校，丑闻会爆发，我的辩解将会显得苍白无力，人们不会相信我。他们会说我和卡姆洛是一丘之貉，他们会拿出我那本为伪造者、模仿者和剽窃者所写的《伪造文书的诗学》。

有人会说我暴露了他们的秘诀，语气中却没有任何责备，甚至还有些沾沾自喜。人们从中会看到一种对文学造假的颂扬，而我对在这一领域表现突出的贾希兹的钦佩也会被认为是可疑的。我的信誉将会被完全摧毁，我会沦为笑柄，而卡姆洛却可以一次性完成一篇博士论文和一篇小说。最后，没有人会想到去指责他，每个人都会宽容看待这场恶作剧，这将被视为一项成就，他的作品肯定能从中受益。

但所有这些都是被我那颓废状态下的恐慌所支配的。我随即意识到，这不是卡姆洛的意图，不完全是。

有一天，他把论文交给了我，希望我批准他的答辩。此时，我先前的恐慌已被我对周遭发生的一切轻蔑的漠视所驱散。我同意了他的答辩申请，对自己说："好吧，或许他已经比较了《一千零一夜》现有的阿拉伯语版本的结局，即开罗、贝鲁特、布雷斯劳、加尔各答、莱顿的版本……他应该也对马尔迪鲁斯医生译本的结局和安托万·加朗①译本的结局进行了比较。我想他还涉猎了理查德·伯顿、古斯塔夫·魏尔、恩诺·利特曼等人的译本……我们将会有一篇优质的小论文，不错，这篇论文资料详实，但没有野心。"

直到答辩前夕我才仔细阅读了他的论文。事实上，我是怀着沮丧和焦虑的心情读完的，我担心答辩委员会的四位同僚会假借批评我的学生来攻击我，说我指导得很差劲。而我得承认，他们说得没错……

答辩那天，我没有感到多少骄傲，我的同僚们就更别提了：他们气得不行，虽然面上没表现出来。他们和我一样，也是等到答辩前夕才开始看这篇博士论文。他们一夜无眠，所以脸色苍白，气色很差。他们恼怒的原因也很好猜：他们之前向有关单位提交了一份评价不错的论文审读报告，现在想撤回也来不及了。如果论文在答辩

---

① 安托万·加朗（Antoine Galland, 1646—1715），法国东方学家、翻译家、考古学家，是第一位将《一千零一夜》翻译成欧洲语言的学者。译者注

前夕被查出存在重大问题，譬如抄袭，他们是可以拒绝参加答辩的，但情况又并非如此，所以一旦他们贸然缺席，必然会名誉受损。

是以他们都责怪我。他们责怪我——这有点过分——是因为他们没有做好自己的工作……那我也怪他们吗？我和他们一样失职，但我有一个开脱的理由：我生着病，他们是知道这事的。难道他们没有窃窃私语说我变得奇奇怪怪，说我已经不适合教书，甚至不适合指导博士论文了吗？刹那间，我看到了真实的他们，看到了他们漫画般的面孔：懒惰、颓丧、生活不良，就像我一样。有那么一瞬间，我对他们抱有同情：我沉溺于自己的麻木中，从没有真正看过他们，也没有关心过他们的问题。

但他们生气的真正原因是，他们在没有读过卡姆洛论文的情况下撰写了论文审读报告。在这篇披着论文审读外衣的报告中，他们谈到了论文中并未涉及的思考、论证、分析，把这些都加给卡姆洛，但实际上他们自己才是作者。他们根据论文题目进行了发挥，天马行空地造出一堆假设。没过多久我就拿到了他们的审读报告：纯粹是胡说八道，并不是说他们写的东西毫无意义，而是这些内容都和卡姆洛无关。发生了什么事？他们是被想象力所左右了吗？还是大家很难在不欺骗、不歪曲、不误读的情况下去谈论《一千零一夜》？

他们四个都不约而同地把重点放在了山鲁佐德终止讲故事的决定上。其中一个认为，在为国王诞下三个孩子之后，她已有足够的力量与国王抗衡。第二个同僚则认为她是江郎才尽，讲不出故事了。第三个同僚的说法是，她受够了讲故事，正如她在一开始请求国王准许她讲故事那样，她请求国王能够准许她不再讲故事。我承认，这个说法很有意思。第四位同僚则提出，国王已经厌倦了听故事。

尽管如此，他们还是不得不在答辩会上发表与论文审读报告中截然不同的点评。

以下是对论文的简要介绍，更多信息可在拉巴特文学院的图书馆查阅，文件编号为 MD 1715。

开头的几句话如下："一段时间以来，人们对文本、小说、叙事、诗歌的开头和结尾都有很大的兴趣。罗兰·巴特在《诗刊》（*Poétique*）第一期上发表的文章《从哪里开始？》（"Par où commencer?"）开创了先河。在开辟了道路、引领了一种风尚后，他一如既往地悄然隐退，看向了别处（据说他很喜欢这个表述）。但他的追随者众多，每个人都在这个领域深耕，每个人都开始分析开头或结尾。这也许解释了为什么越来越多人开始对《一千零一夜》的故事框架感兴趣，相关研究不胜枚举。但奇怪的是，《一千零一夜》的结尾却没有引起同样的研究热情，研究它的学者寥寥无几。"

卡姆洛随即提出问题，即这部作品是否需要一个结局，是否真的有必要设置一个结局。于是他考证了现存最古老的手稿，该手稿显然是不完整的：它在第 282 夜讲到阿札曼王子的故事时便戛然而止了。出于这种不完整性，山鲁佐德的命运仍然是悬而未决的，她的声音消失在了漫漫长夜中。但卡姆洛指出，故事框架中结局的缺失其实是符合一本书的逻辑的，书的命运就是不断地通过新的故事得以扩充和丰富，对于有些人来说，一本书可以是无限的。

然而，书是否可以无限地保持这种开放性？读者和听众都会受不了的。他们需要一个结尾。可《一千零一夜》根据版本的不同却有着多种结局。几乎是有几个版本就有几个结局。和我设想的一样，伊斯梅尔·卡姆洛首先对这些结局进行了梳理，然后以一种不容置喙的语调宣称："之所以会有这么多结局，是因为真正的结局已经散佚或被抹去了。"他以一种难得谦逊的口吻表示，《一千零一夜》的结局亟待重构，至少他将在这方面做出努力。

不过他也明白，读者期待一个圆满的结局，以此来平衡不幸的开头。这也解释了为什么大部分主要版本的《一千零一夜》虽然在细节上会有些出入，但结局都是好的。于是一切都恢复了秩序，代价却是多少的荒谬和反常！

首先，国王得知自己是三个孩子的父亲……卡姆洛对此愤愤不平：难道山鲁亚尔一刻也不曾留意山鲁佐德怀孕的情况？继承人的降生是头等大事，尤其是在一个绝对权力的体制中，而他竟然对孩子们的出生毫无察觉！他莫不是被内心的仇恨蒙蔽了双眼？这很难让人信服。（现代作家有自己的方式来解决这个问题，他们不会给山鲁佐德增添任何子嗣负担……）

但令卡姆洛更为恼火的是最后几句，其中提到国王命文书记下山鲁佐德所讲的故事："他急忙把穆斯林国家最能干的文书和最有名的史官都召了过来，命他们把他和妻子山鲁佐德之间发生的一切都写下来，从开始写到结束，不可遗漏任何一处细节。他们便开始记录，用金字写了三十卷，一卷不多，一卷不少。"

卡姆洛以一种令我愕然的轻率径自否定了这

一结尾，力图证明其虚假性。他声称这个结尾是"有缺陷的、前后不一且不可接受的"，至少是不完整的，他做了让步，对在他之前没人注意到这点假装表示遗憾。我承认当时我并没有立刻领会到他说的众所周知的传统结局有什么问题，直到读到论文的第三部分和最后一部分才明白过来，但一种钝钝的焦虑已经擒住了我。

在题为"恶意的读者"的第一部分中，卡姆洛关注那些想象了其他结局的作家和评论家，他们这样做只是因为现有的结局"缺乏必然性"，无法让他们满意："大家似乎都对这个结局满意，但没有人真正从心底里认同它，因此才有人觉得有必要修改结局。第一千零一夜不是结局，它是开放式的，后人继续进行着改写。因此，诗人和散文家绞尽脑汁想要延长它，赋予其续篇，以此形成第一千零二夜，或者是通过多样化书写使其增加到第一千零三夜，等等。"

伊斯梅尔·卡姆洛以埃德加·爱伦·坡和泰

奥菲尔·戈蒂耶（Théophile Gautier）为例指出，他们二人都在其第一千零二夜中"纠正"了《一千零一夜》，给山鲁佐德设置了死亡的结局。山鲁亚尔没做的事，他们做了：她一停下讲故事，二人就处决了她，甚至没等到天明……这是个极大的悖论：国王批准山鲁佐德活着，这二人却不经申辩径自审判了她，由此可见，他们更嗜血，更残忍。有不少作家都效仿他们，根据开头的基调改写了结局，也就是说，一切都重新开始了，疯癫重回视野。卡姆洛表示，每个读者心中都住着一个沉睡的山鲁亚尔。

在尝试解释作家们改写结局的原因时，卡姆洛指出，这是因为他们认为原先的结局与开头不符。开头，即所谓的叙事框架很完美，没什么需要补充，也没有需要删减的，它维持原状，没人敢冒险去改写它。不过严谨如卡姆洛，他并不排除一个可能性，即这个开头可能有一个前传，因而它是根据更早的文本改写而来，但就目前而言，除了一些细节问题，几个世纪以来它都没什么变化。

这还不是全部：任何现代作家都不曾设想过一个前传，没有人敢冒险去追溯到前言之前。例如，没有人描写过山鲁亚尔与之前妻子的相遇，以及后者对他的不忠。但这是个动人的话题，他们目光相遇的那一刻！是哪种毁灭般的激情使他们彼此吸引？在结婚前他们经历了什么磨难？之后又发生了什么？激情褪去，王后去别处寻觅幸福。此类故事在《一千零一夜》中并不少见，甚至出现在阿札曼王子和布杜尔公主的故事中，但还没有学者根据这一线索开展研究。

我得承认，我并不喜欢这种离题，答辩委员会的其他成员也不喜欢。此外，对一本书结局的修改冲动并不仅仅存在于《一千零一夜》中，也存在于许多其他作品中，也许是所有作品中。答辩委员们欣赏的反而是卡姆洛所提出的几乎没人去修改故事开头的这个想法。

总之，这第一部分并不是很出彩。有答辩委员纠正卡姆洛说，对叙事框架的兴趣并非源自罗兰·巴特的影响，而且，在整个摩洛哥，研究叙事框架的人比电话用户还要多。同时，答辩委员们对于卡姆洛没有提到其他"纠正"了《一千零一夜》结局的作家也表示很不满，如罗马尼亚的尼古拉·达维德斯库（Nicolae Davidescu）。但他们对卡姆洛的批评更多是在于，他没有列举那些受《一千零一夜》启发进行创作的 20 世纪阿拉伯作家、诗人和小说家。他是不知道他们的作品还是认为他们不值得关注？卡姆洛感觉到了一个陷阱（不管他怎么回答，都不合适），他巧妙地回避了这个问题。

论文的第二部分题为"阿塔夫和但以理"。《一千零一夜》中确实有一个人物名为丹尼尔（Daniel）（在"哈希卜·克利姆·阿德－丁的故事"中），但卡姆洛指的并不是他。这位主角不是别人，正是《圣经》里的先知但以理（Daniel）。

首先，他回顾道，早有评论家在山鲁佐德和以斯帖（Esther）之间建立了联系：美丽的以斯帖因向波斯王亚哈随鲁进言而得以拯救她的子民；山鲁佐德则是救了广大女性，同样是她的子民。他面露得意的神色指出，这种联系并非毫无意义，但并没有人想到过但以理。在《一千零一夜》和这位先知的故事之间，这种高调宣称的联系是什么？

卡姆洛在马尔迪鲁斯的译本中挖掘出一种隐含的构思，他分析了之前巴黎来信中向我提及的阿塔夫的故事。事实上，他把注意力集中在了这个故事的开头部分，在他看来，这个开头"可以揭示《一千零一夜》的结尾"。

他讲述道，哈里发哈伦·拉希德（Haroun Al-Rachid）有一次夜间"在床上惊醒，透不过气来"，他咨询大臣贾法尔，后者建议他通过阅读来缓解。哈伦·拉希德打开了许多书，最后"他的手停在一本随手翻开的非常古老的书上。他碰到了自己感兴趣的内容……他笑得前仰后合，甚至后翻摔倒在地，随后又捡起书继续阅读。而后又泪流满面，整个胡子都被眼泪打湿了"。

在另一个故事"商人和魔鬼"中，一个农民的女儿一时哭一时笑，从笑声到泪水无缝切换。当周围的人询问她时，她解释了自己为何"同时做两件相反的事情"，之后一切都恢复了正常。但哈里发的笑声和泪水却无法解释。当大臣贾法尔询问哈里发"一时间又哭又笑的原因"时，他陷入了暴怒，厉声喝道："哼！狗中之狗……你怎敢如此无礼向我发问？"暴怒的原因我们同样不得而知。是被禁止的好奇心吗？

卡姆洛在查阅了藏于国家图书馆的阿拉伯手稿和伯顿译本后指出，其实是马尔迪鲁斯漏译了一段话：大臣对哈里发一时间又笑又哭感到大为诧异，他觉得只有精神错乱的人才会有此举动。所以哈伦·拉希德才会如此生气，还给贾法尔安排了一个奇怪的差事："在我看来！既然你插手了与你无关之事，你就要为此承担后果。因此我命令你去找来一个能给我解释为什么我在读这本书时会又哭又笑的人，这个人还要猜出这本书中从第一页到最后一页讲了什么。如果你找不到这个人，我就让你人头落地，再让你看看是什么使我又哭又笑的。"

哈里发给他的大臣下达了一个不可能的任务。如何能猜到一本从未读过，也不知道书名和作者的书的内容呢？文学作品中是否存在类似的情形？卡姆洛只知道一个，在《旧约》的《但以理书》的开头，尼布甲尼撒考验术士，要求他们不去解读他做的梦，而是去猜梦的内容：

"尼布甲尼撒在位第二年，他做了梦，心里烦乱，不能睡觉。王吩咐人将术士、用法术的、行邪术的，和迦勒底人召来，[……] 对他们说：我做了一个梦，心里烦乱，要知道这是什么梦。迦勒底人 [……] 对国王说：请将那梦告诉仆人，仆人就可以讲解。王回答迦勒底人说：事情由我决定：你们若不将梦和梦的讲解告诉我，就必被凌迟，你们的房屋必成为粪堆。"

国王向术士们提出了一个谜语，并告知他们如果解不出来就会被处死。术士们被勒令把梦告诉国王，但他们没有任何线索。这就如同斯芬克斯并非要俄狄浦斯解开那个著名的谜语，或是回答问题，而是要俄狄浦斯猜出他真正想问的那个问题！

尼布甲尼撒的要求闻所未闻：只有能猜中梦的术士才有资格释梦："告诉我这个梦，我知道你们能将梦的讲解告诉我。"卡姆洛借鉴了这一表述，用括号恶意地补充道，只有能写出《一千零一夜》的人才有资格去阐释它。这句评论模棱两可，很有神秘性，甚至令人不安。答辩委员们当然没有放过这一点，在答辩时表示了反对。

为了使卡姆洛感到窘迫，或仅仅只是想戏弄他，他们指出，作为一篇研究《一千零一夜》结局的论文，第二部分却大谈特谈但以理的故事和阿塔夫的故事的开头。

他们还认为，这部分的标题"阿塔夫和但以理"也不合适，归根结底，他没有谈到这两人中的任何一人。可能用"尼布甲尼撒和哈伦·拉希德"作为标题会更合适。还有个更好的建议是改成"告诉我这个梦"。

最后，有答辩委员回顾提到，在《圣徒传记》中，圣人洞察对话者的隐秘心思并不足为怪。

不过，除了对以上几点持保留意见，他们对第二部分整体是非常赞赏的。大家一致认同论文中对但以理的参考，并认为在今后的《一千零一夜》研究中，这部分是具有参考价值的。

另一方面，第三部分"山鲁亚尔的第二次疯癫"则被认为是惊世骇俗的，这个标题也带有神秘性。这部分显然是卡姆洛的核心研究内容，前两部分似乎都是为了给这部分做铺垫，才多多少少表现出一些学术性。

在这部分中，他再次用论战的口吻抨击了那些研究《一千零一夜》结尾的学者、评论家以及作家。在他看来，他们只关注山鲁佐德，忽略了其他人物，因而很有可能会错过由其他人物所带来的关键信息：那些受国王之命写下其与山鲁佐德之间所发生的一切的文书。

在深入阐述这个观点之前，卡姆洛指出，那

些颂扬故事治愈功能的人是在自欺欺人。这一点我非常认同，我自己就是在研究了《一千零一夜》之后患病的。卡姆洛肯定道，山鲁亚尔是无法被治愈的。为了论证这一点，他进行了长篇大论的精神分析，在我看来有些枯燥冗余，没有多少说服力（我对他提过这点）。但我很喜欢他对山鲁亚尔的阐释：山鲁亚尔改变主意不杀山鲁佐德，不是因为她给他讲了那么多动人的故事，而是因为她给他生了三个孩子。他指出，人们假装相信故事具有抚平怨恨的力量，可以拯救那些身陷囹圄的人。他们接受这个观点是因为他们想要相信文学的力量，因而需要一管积极乐观的强心剂。不论如何，从事文学创作的人都不信这个，他们给山鲁佐德设置了死亡的结局。但他们的这种做法仍旧是错误的。山鲁亚尔的疯癫并未停止，只是换了对象：他没有为难山鲁佐德，而是把矛头转向了文书……

"夜晚，他没有睡，无法入眠。他如痛苦的游魂般徘徊在皇宫中。他在回想那些被他杀掉的人吗？肯定是的，但他也在回想那些听山鲁佐德讲故事的美好夜晚。现在已无故事可讲的山鲁佐德……"

据卡姆洛说，这几行文字的作者是纳哈，那个他在大马士革逗留期间遇到的神秘说书人。不消说，当我从他嘴里听到关于山鲁亚尔失眠的观点时，我是很生气的，因为这是我的观点，而且我认为这是我的原创观点……

"除了孩子们的生病细节和身体疼痛，山鲁佐德再无故事可说。在孩子的事情上她是忙不完的，因为总有一个孩子在生病，需要她的照料。当山鲁亚尔去看她时，总是发现她在这个孩子或那个孩子的床边，空气中弥漫着药水、油膏和烟熏的甜腻气味。他渐渐意识到她身在别处，在另外的世界中，在一个没有他的位置的世界里。正是在这种情况下，他想到文书可以复原那些故事。他把他们召进皇宫，命他们把自己和妻子山鲁佐德之间发生的一切都写下来，从开始写到结束。他们为有幸得到这份差事而感到受宠若惊，回答说：'臣愿为陛下效劳。'过了些日子，他们回到王宫，呈上了写好的文稿。山鲁亚尔对他们完成任务的速度很是吃惊。什么？他和山鲁佐德的故事只需这短短几天便说尽了？山鲁佐德可是讲了这么多年啊！他接过文稿，惊讶地发现他们带来的只有薄薄二十几页。他快速浏览了一番：纸上所记录的其实是他自己所经历的一切，他最初的不幸，山鲁佐德化身讲故事者的计策，那些故事所带来的良好影响，最后是治愈与幸福的结局。山鲁亚尔转向文书们，问道：

'其余部分呢？'

'噢，尊贵的国王陛下，您说的是什么其余部分？'

'就是山鲁佐德给我讲了一千零一夜的故事。那些故事呢？'

文书们满头雾水，纷纷回答说不知道。

'噢，尊贵的国王陛下，山鲁佐德给您和她的妹妹敦亚佐德讲故事时，我们都不在场，所以我们对故事的内容一无所知。我们只知道您的故

事，而您个人的故事，也就是那些众所周知的事情，这些故事我们都遵照您的吩咐记录下来了，正是您手中正拿着的这份文稿。'

山鲁亚尔一时怒不可遏：

'狗中之狗，'他咆哮着，'你们既是文书，就必须要写出山鲁佐德讲的故事。记下从开头一直到结束的所有故事，不可遗漏任何细节，如果做不到，如果你们没法呈给我一本囊括所有故事的书，那就说明你们是假冒的文书，你们将面临残酷的惩罚：我会每天砍下一个人的头，直到你们全部死掉。'"

据大马士革那个讲故事者所说，这就是山鲁亚尔第二次疯癫的开端。卡姆洛在这里暂停了他的讲述，抛出几个问题："之后会发生什么？山鲁亚尔会执行他的威胁吗？"这些问题没什么意义，甚至有些愚蠢，但也许他只是在呼应那个叙利亚讲故事者的修辞。

不过，下面这个问题似乎真的出自他自己："为什么山鲁亚尔不安排山鲁佐德来记录这些故事？毕竟《一千零一夜》开头就交代了山鲁佐德是识字的，还拥有上千本书。"在进一步的深入探讨中，卡姆洛回顾了过去妇女的地位，强调了书籍与写作的关系。"人们会提及文人、政治家、哈里发、大臣们的藏书，但有人曾描写过一名女性的藏书吗？这是一个值得关注的事实，它使得山鲁佐德的藏书更为引人注目，因为那是独一无二的。《一千零一夜》的开头简单提过她的那一千本书，它们值得密切关注。但为何之后就没有后续了？为何它们被遗忘了？纳哈是唯一一个没有忽略掉这些书的人。"

"恐惧支配了那些文书，整个王国陷入了混乱，"纳哈继续讲道，"山鲁佐德觉察到了，她命人把留在娘家房间里的那一千本书送进皇宫。随后她请求面见国王，向他展示了那些书，对他说：'噢，尊贵的国王陛下，我讲的那些故事先前就写好了，只等有一个声音把它们讲出来，使它们获得重生。因此，重写那些故事没有意义，它们都在这些书里呢。幸运的国王啊，只有一个故事不在其中，就是那个和您有关的故事。但那个故事非但是众人皆知的，还有文书们奉命进行了记录。此外它也不是多余的：当朋友间的分离、宫殿的毁坏者和坟墓的建造者、一切严酷又不可避免的事物将我们带走之时，它一定会充满人们的想象。'"

因此，待写之书已经写好。卡姆洛总结道，这个悖论我们同样可以在《追忆似水年华》的结尾中找到呼应。

我的同僚们指出，确实没有人曾想到过那些文书，对于他们没有能力记录下那些故事的评注也是恰当的。但卡姆洛是不是过于侧重这一点了？毕竟它只是一个细节，一个我们可以在许多《一千零一夜》故事中看到的结尾模式。

他们补充道，其实在这个巧妙的文书故事的背后，我们可以看到众多阿拉伯作家曾书写过的主题。他们被山鲁亚尔所吸引，在他们的笔下，山鲁亚尔成了一个攻击和迫害知识分子的暴君。

但卡姆洛受到指摘最多的是他过于相信一个民间说故事者的讲述。这个说故事者是在呼应一种叙事传统还是他想象了这个故事，一个当场编造的玩笑，以取悦正在寻找未曾面世结局的卡姆洛？纳哈究竟是谁？答辩委员们希望能看到一张照片或者相关文件，来证实其存在。他的名字多次被卡姆洛提及。"纳哈（Naha）对我说……"这不免使人想到宿命论者雅克的口头禅："我的连长对我说……"纳哈是个古怪的名字，它的涵义是："他禁止某人做某事"，或者根据发音的不同，有另一层意思："他去某地，去找某人。"从来没有人会这样称呼自己，也没有任何地方出现过这种名字。如果是"努哈"（Nouha）这个名字，则意思是"理性、智力"……

答辩委员会的同僚们对卡姆洛说："您有权提出一个新的结局，一个新的讲故事者的形象，但为何要将其隐藏在一种虚荣的博学之下？就学术研究而言，这纯粹是不诚信的表现。您为什么不像其他许多人一样，将这个成果作为第一千零二夜来展示？"

　　那一刻，我感觉自己浑身发颤。在听着同僚们的点评时，一种意想不到的联系突然间在我脑海中闪现，使微弱的证据明晰起来。纳哈：这难道不是马龙尼礼教会①的哈纳（Hanna）这个名字的异位构词吗？而哈纳正是给《一千零一夜》的第一个译者加朗提供了许多动人故事的讲故事者。

　　约莫一年半之后，卡姆洛出版了他的博士论文。曾是答辩委员的 L 女士给我来电，说自己没收到样书。我告诉她我也没收到，她这才放下心来。

　　"我在一家书店里翻到了这本书，"她说，"您可以想象，我不会掏钱去读这个可恶的伊斯梅尔·卡姆洛写的胡言乱语。您知道吗，他既没有提到您的名字，也没有提到我和其他答辩委员

---

① 马龙尼礼教会（Maronites），也被称为马龙派，是天主教会的一个分支，5 世纪时由叙利亚教士圣马龙创立。译者注

的名字。他似乎是想和我们断绝一切联系……最为严重的是，他没有注明这是一篇学位论文，在何时何地通过答辩。他就按照原稿出版了，都没有考虑我们的修改意见。如此厚颜无耻、忘恩负义……但他这把本书献给一个叫埃达的人。这位埃达是我们以前教过的女学生吗？……他所作的唯一补充就是书里的最后一句话。原文是：'每个夜晚，当山鲁亚尔阅读山鲁佐德那一千本书中的其中一本时，他都会大笑起来，几乎同时又流下泪来。'"

中国人的方程式

有段时间，我很羡慕那些拥有阳台或是窗户沿街的人。他们可以趴在窗沿上四处张望，把注意力集中在某张脸上，眼神追随着过往的行人……我羡慕他们，是因为我住在一幢老式公寓楼的三楼，屋里只有一扇窗户，对着狭窄的内庭。这是一扇带有磨砂玻璃的上下提拉窗：我操作稍有差池，它就会猛地砸下来，就算不是打到我的脑袋上，哪怕是我的手被砸到也会变成肉泥的。

不过，这至少是住我对面的女邻居乐于见到的。她很讨厌我，虽然我并不曾对她有过任何逾矩之举，总之我自认自己的行为没什么可指摘的。

我从未在街上或是在爬楼梯时碰到过她。而且我很少出门，只有偶尔晚上出门去倒垃圾或是去街角的小卖部买些生活必需品，我是那里为数不多的顾客之一。我对她一无所知，只知道她的名字叫艾达。这是写在信箱上的名字，不过这是她的名字吗？我不知道她是做什么的，也不知道她在这栋楼里住了多长时间了；唯一能确定的是在我之前她已经住进来了。

她在家里一定感觉很压抑，因为她经常出现在窗前。每次我把头探出窗外，她都怀疑我是在表演。也许她把我这种扭头歪脑的滑稽行为看作是故作风趣，以吸引她注意的一种方式。但事实很简单：我必须弯腰往外探才能看到天空，但是也不能太往外：我不能排除坠楼的风险，而这显然是她满心想看到的。

我尽自己所能不打扰到她：我关掉收音机，尽量不露面，除非我推测她那会儿没有驻足窗前看着内庭。但我也不能一直把自己关在家中，在电灯下面转来转去。这正是她希望的。我一提起我的窗，她就放下了她的窗，发出尖锐的、刺耳的、重重的"砰"的一声。好似在说，就因为您，我不得不关上窗户，与空气隔绝，在屋里窒息。

我曾试图与她取得联系，并向她保证我没有任何不良企图。我想做一些安排，比如提议二人轮流使用窗户，不过我知道她肯定会拒绝的。每次她看到我时脸上浮现的那种怒意！仅仅是目光的交集我就已经打扰到她了。

傍晚时分，透过半透明的窗玻璃，我可以隐约看到她在厨房的身影，厨房是我唯一能模模糊糊看到她的地方。她在准备晚餐，不过，她一感知到我的存在，就会把灯关掉。直到我走开她才会重新开灯。

但似乎除了提防我，她也并没有其他事要忙。不然为什么每次我一打开窗，她都正巧在窗边，随即又砰的一声关上了她的窗。显然，她在等我。至于我，我会情不自禁地看向窗外，只是为了确认她在不在那里。所以我们都把时间花在相互探察上了。

我第一次见到她时，她正支着胳膊倚靠在窗框上，双手托腮，面容忧郁，陷入沉思。这个画面使我想到了"贵族的脸"，但那时我并不知道这意味着什么。也许是我忆起了早前在博物馆看到过的一幅画，那幅画尺寸不大，画的是一个女子的肖像……我站在那里看了她许久，尽量一动不动，以免打扰到她的凝思。我不想因为自己的偷看惊扰到她，不想破坏那一刻的脆弱性，扰乱她脸上的宁静。

她察觉到我的存在后有过片刻的迟疑。但我犯了个错误：我没有和她打招呼，可能是出于羞赧，也可能是因为我一直都和邻居们保持距离，尤其是那些同住三楼的邻居。还有一个原因：她真的太美了，以至于我觉得自己不配住在她附近，不配让她来跟我打招呼或投以一个眼神。所以，她发现我时，我马上就移开了视线，这一举动可能被她解读成了傲慢、敌意、一种不可原谅的无礼……最后，当她的沉思被我惊扰时，我有种冒犯到她的隐私、入侵了她的秘密和窥探到她最隐秘的梦的感觉，就好像那些偷看苏珊娜洗澡的长老一样①。

我不仅是个偷窥狂，这千真万确，而且我还没有及时补救，没有通过向她打招呼来合理化我的行为。一个简单的点头示意就已足够。

她已经轻轻拉下了窗户。

之后，每当我站在窗边时都会非常尴尬：如果我待在那里，我就会不可避免地看到她；如果我走开，又好像是在逃避她，很可能会令她不快。我们只相隔六米，这让彼此都很拘束；我们好似生活在同一屋檐之下。假装看向别处，但看什么？看内庭？看天空？她也许会把这些当成是走钢丝演员或暴露狂的举动。

---

① 出自《圣经·但以理书》中苏珊娜和长老的典故。美貌的苏珊娜洗澡时被两位长老偷窥，二人企图侵犯苏珊娜，但苏珊娜坚决不从。二人便诬陷苏珊娜与他人幽会，致使苏珊娜被判死刑。后但以理出现拯救了苏珊娜的生命。后世的艺术家多有以该典故为题材创作的画作，如伦勃朗的名画《苏珊娜与长老》。译者注

如果二人中有一人回避的话，也许事情就不会发展到后面的地步了。有一天，她向我的屋里瞟了一眼，视线定格在一个凳梯上。我看到她神情骤变，面露愠色，随后猛地拉上了窗。她刚刚单方面表明了敌意，没有通过言语，只是以一种过激粗暴的方式将自己与我隔绝开来。

从那以后我一直在试图弄清她对我的憎恨，但徒劳无功。我不明白为什么看到那个凳梯会让她怒不可遏。

直到有一天，我想起了那个中国人的故事，他绝对是一个神秘人物。

我在房产中介那里租下这间公寓时，没签合同，因为当时前一个房客的合同还未到期。如果有一天他回来了，我就必须把房间让还给他。中介经理眼神中透着狡诈，陪着虚假的笑，他对合同事宜含糊其辞。一切都是乱套的，看似合法又不合法，我感觉自己就像一个侵占者，被驱逐的威胁笼罩着我。

我希望我的前房客别回来，至少在我向富布赖特基金申请的奖学金获批之前别回来。但我内心深处又有一个模糊的念头，那就是他不会回来。个中原因很多，其中之一是美学上的原因：那个中国人的故事。

前房客走的时候留下了一张小床，一些厨具，一台老式收音机，一把扫帚，以及壁橱里的一堆旧报纸和有关叙事和诗学理论的文章复印件。我还在其中发现了伊本·白图泰①的《伊本·白图泰游记》二卷本（贝特鲁，第二版，1979），它们都散发着浓重的烟味。前房客一定是个烟瘾很重的人，因为整个公寓都能闻到烟味。

在那一堆复印件中，我发现了一篇伊斯梅尔·卡姆洛论文的单行本，标题为"一个未曾发

---

① 伊本·白图泰（Ibn Battouta, 1304—1368）是生于北非的著名探险家和旅行家。他在1325年至1347年间走过了近12万公里的旅程，足迹遍布非洲、欧洲、亚洲等地，其行程的终点是中国福建的泉州。译者注

表的《一千零一夜》故事"。前房客还在论文上写下了注解。他应该是认识卡姆洛，或者与其取得了联系，不然他是如何得到卡姆洛的文章的？通常来说，这类单行本都是由作者本人赠予的，不过奇怪的是，这篇文章上并没有作者的题字。

我相信这位注解者不喜欢伊斯梅尔·卡姆洛，或者说嫉妒他，因为他在文本中附上了许多旁注，似乎想要把正文覆盖掉。也因此这篇论文几乎读不了，每段文字都有下划线，然后又被各种不同颜色的荧光笔覆盖。这种狂暴的、怀疑的、吃人般的阅读方式是只有仇敌才干得出来的。他一边读一边写，我是不会如此行事的；我受不了阅读一本写着注解或有折角的二手书，这种二手书在我看来是不纯粹的。但出于某种隐晦的原因，其实是为了更好地了解我的女邻居，我读了这篇论文，也读了这些手写的注解。

在其中一条笔记中，这位注解者提出了疑问，他想知道为什么卡姆洛没有在文章中指出那个写下了以"如果你爱上一个女人"为开头的那首诗的诗人姓名。"这是个匿名诗人吗？还是说卡姆洛向读者卖了个关子？……阿拉伯人对引用诗歌的这种狂热……自从阿拉伯人在其书写中摒弃了诗句，他们就步入了现代性。"在另一条注解中他写道："这位古代诗人所写的诗句真是令人难以置信，平庸冗余。"

伊斯梅尔·卡姆洛声称黑暗之地只在"努尔丁王子和马的故事"中被提到过，这个故事出自他在伯顿的《一千零一夜》英译本中发现的一篇手稿。注解者在这段话旁边的空白处狠狠地批道："假的。"注解者的语气近乎恼火："马可·波罗不是说到过黑暗之谷吗？伊本·白图泰不是用了两页篇幅来介绍黑暗之地吗？他不是还指明了位置吗？'途径保加尔市，之后便可穿越这片黑暗之地，这两点之间相隔四十天左右的行程。'他不是还解释了商人们抵达该国边境时把自己运来的商品留下，然后退到不远处吗？次日，当他们折返回原地时，会在那里发现一些黑貂、灰貂和白鼬的皮。他们'不知道和自己交易的是人是鬼，他们从未见过任何人'。"

伊本·白图泰说，由于这一趟下来几乎没有利润，所以他不得不放弃了进入这片土地的计划。"但他对黑暗之地知道些什么？去别处的意义又何在？说到底，他只是为了事后讲述起来的那份愉悦而旅行的。放弃黑暗之地，让他与一个好故事失之交臂。""从一个新的角度来看，"注解者总结道，"我们必须重新阐释卡姆洛发表在《阿拉伯研究》上的那个故事。必须从零开始，或至少完善其中的分析，因为我们不仅知道黑暗之地的大概方位（大北方），而且对其人口情况也有大致了解，那地方确实如幽灵一般。"

根据这些线索以及从公寓的简陋情况来看，我判断前房客是一个学生，对伊本·白图泰尤其感兴趣。通过阅读他的注解，我发现他在研究这位十四世纪的伟大旅行家作品中的异国经历。他在书的边缘处写下了自己的心得和思考主题："相异性、边境、边缘"，"伊本·白图泰在食人族家中"，等等。

　　他似乎对《伊本·白图泰游记》中的中国形象很着迷。这一点可以从划线段落和书中空白处填满的有关该国家的注解看出来。他试图理解为何伊本·白图泰对中国人的技术成就如此崇拜，却感觉与他们相处不自在。这位注解者很疑惑："他给出的原因是他对中国人宗教的排斥，这个解释是否充分？他对这一宗教又有多少了解？为何他闭口不谈该宗教的教规、仪式和组织？更令人不解的是，在对君士坦丁堡的描述中，他并没有对所观察到的宗教生活表现出任何不满。他甚至尝试过参观圣索菲亚大教堂内部，虽然以失败告终；因为他被拦住了，那里的人和他说，进入后必须拜倒在耶稣十字架前，这是他无论如何做不到的。"此外，注解者也想知道好奇心旺盛的伊本·白图泰是否曾参观过中国的寺庙。"但无论他是否参观过，结果都是一样的：他无法谈论它们。"

　　奇怪的是，这位学生几乎没有在伊本·白图泰描写阿拉伯国家的章节中留下多少注解。他的其中一条注解在我看来是无端的、毫无根据的：
"必须承认的是，阿拉伯世界是他这套书中最无趣的部分。我的感受是，他只有在完全语言不通的国家才会真正感到自在。漠不关心，轻蔑傲慢？众所周知，阿拉伯人在诋毁和自嘲方面是佼佼者……"

但公寓里留下的物品中最让我感兴趣的是那把凳梯，它让我的女邻居只看一眼便怒火中烧了。这位博士生一定有爬上凳梯凝望天空的习惯，除非他想通过这种危险的举动来引起艾达的注意。

我对这把凳梯没什么不满的，不过我不能使用它，以免引起邻居的无端怒火。我甚至把它挪到了厨房，来平息她的怒气，但凳梯消失在视线中却只会让她更加心烦意乱。

她和我的前房客是什么关系？她对他是否也像她对我那样？甚至……他们的相处很可能是自发的、直接的。他没有犯无视她的错误。当他们的目光相遇时，他朝她点头示意，然后才离开窗户。之后，他们继续着这种相处方式，在很长的一段时间里，他们都很矜持，没有交流过一句话。

他有没有被她吸引？当然，但他几乎没有意识到这一点。他喜欢看到她，和她打招呼。她的每次出现对他而言都是一种心醉神迷。

然后，有一天，他听到门铃响了。他打开门：是她！她递给他一把钥匙，是他的信箱钥匙，他之前忘记拔下来了。她朝他伸出手，一言不发。他对她的造访惊讶万分，一时忘了言语，没有道谢。她也已经匆匆离开了。

这次造访对他而言意义非凡。他是不是从那时起爱上了她？她朝他迈出了一步，她似乎是通过这一举动允许他来爱她。

次日，他又碰到了她，这次他终于没忘记言语，向她表示了感谢。他们便聊到了遗忘和一般的疏忽行为。她看起来很感兴趣，一两天后，她问了他一个问题。

"您是不是故意把钥匙留在信箱上的？"

她想确认一下，他回答说不是，她似乎放心了，但可能又有些许失望。之后，他给出了相反的回答。是为了取悦她，还是为了撩拨她？他告诉她，有一天他回单元楼的时候，看见她在小卖部，于是他脑海中萌生出一个念头：他几乎可以肯定，等她回来时一定会看到那把钥匙，出于邻里之间的团结友爱，她会帮他把钥匙送过来的。这个故事并没有使艾达不快。这是他编造的故事吗？到最后他自己也搞不清了，但不管是否编造，都殊途同归。

无论如何，他不得不承认，那位古代诗人是对的。他想起卡姆洛的研究，自言自语道："那首诗写得没错：她来敲我的门了。诗歌自有其优点，它的教诲功能不容小觑，可以成为生活中的宝贵指导。"这条注解并不是写在卡姆洛那篇文章上的，虽然那上面还有空间可以写，而是写在了另外一篇研究抒情诗的文章复印件的空白处。

一个幸福的时代向他们敞开。每天晚上他

都会坐在凳梯上和她聊天。她对他的论文很感兴趣，觉得他研究的那些故事都很有趣。他们通过各自屋里的窗户共度了一段美好时光。一种感情酝酿成型，可能是爱情。他们想杜撰一个故事，由两人共同谱写，但他们是否知道，他们正在以自己的方式改写中国人的故事？

他给她读《伊本·白图泰游记》中的段落，他们会细致深入地进行评论，他坐着，她则是支着胳膊倚在窗台上，仿佛置身于一个酒吧。时不时地，他们会喝点茶，吃点点心和花生仁。他们时常因某个片段发笑，比如经常出海并经历过无数风暴的伊本·白图泰说自己不会游泳的时候，或者是当他抱怨马尔代夫的妇女们都袒胸露乳在市场上闲逛时。作为马尔代夫群岛上的一名法官，他试图结束这种习俗，但没有成功。但他补充道："我不允许任何女性到我跟前争论，除非她穿戴整齐。"伪君子！*把乳房藏好，我就看不见了*……当艾达听闻非洲食人族时，她非常震惊，"女人身上最好吃的部位是手和胸部"。

如果碰上下雨，他们的读书会就会中断或推迟。

但起码这个学生可以躲在家里。但那个中国人呢，不论刮风下雨，他都必须待在外面的黑暗街道上。他所爱女子提出，只有他连续三年在她的窗下过夜，她才会接受他的爱。所以他傍晚前来，坐在他的凳梯上，直到破晓时分才离去。他在夜间守候的时候，美人正在紧闭的窗子后熟睡。

在一个暴风雨之日，这位学生邀请艾达来他家继续他们的读书会。艾达拒绝了。她是否想到了那个中国人的故事？绝对没有。为了让她的拒绝更合理化，她引用了安达卢西亚女诗人多尼娅（Donia）的诗句：

　　　　所有的雄性都一样，男人一定坏过动物。
　　　　对一个女人而言，在男人的自私中没什么好指望的！

因此，我在安拉面前起誓，噢，

我永远也不想靠近他们！

学生很难过，但他并没有气馁。要想赢得她的芳心，需要投入大量的时间、想象和毅力。他必须向艾达和多尼娅提出反驳。他有时会想，多尼娅对"雄性"的认识是从何而来的？她对大臣亚齐迪（Al-Yazidi）的爱在整个安达卢西亚都很出名，后者也是一位业余诗人，不过他们的关系具体如何人们就不得而知了。我们也不知道她这些被频繁引用的诗句是在这段感情之前还是之后创作的。至于要弄清楚她写下这些是否出自真心……《古兰经》有言，诗人说的都是他们不会去做的事。①

很显然，艾达想通过这首诗来劝退她的邻居，但我们也完全可以说这是为了唤起他的激情。诗歌难道不是诱惑手段中的一种制胜法宝

---

① 作者原文为"Les poètes [...] disent ce qu'ils ne font pas."参见《古兰经》二十六章"众诗人"。译者注

吗？这是科尔多瓦的伊本·哈兹姆（Ibn Hazm）在《鸽子的项圈》（*Le Collier de la colombe*）中给出的建议。真遗憾！在他俩的这个故事中，本应唤起激情的诗歌却没有漾起一丝涟漪。

艾达考验这位学生，似乎是在告诉他：来试着证明我是错的。但学生并未充分意识到这个挑战，他以自己的方式做出了回应，那就是讲故事。在伊本·白图泰之后，他开始讲《一千零一夜》。

艾达是否知道那个中国人的故事的结局？到第三年结束时，这个顺从的人物——出人意料的结局——拿着他的梯凳，头也不回地离开了。

他的这一举动似乎包含了严厉的谴责，他似乎是在控诉自己所经受的考验和所爱之人的不信任。心爱之人提出的三年之期肯定使他气愤至极：三年表衷心能证明什么？能保证以后吗？在向她表明她对他的不信任是错误的之后，他便消失了。

也有人会认为，说到底，他只是对等待感兴

趣。时间一长，他迷上了这个游戏。虽然他应允
了心爱之人所提的要求，但履行这个要求却并不
是为了她，而是出于对自己的义务。此外，在他
眼中，他实现了一种壮举，那是一种放弃"奖励"
的英雄之举。

但他为何没有在一开始就拒绝这一约定呢？
我越想越觉得这是个复杂的人物，一个满心怨
恨、冷酷地准备复仇的存在；渐渐地，放弃一切
的想法在他心中生根发芽……

也有可能他是想证明他的爱；他离开不是因
为不再爱了，而是因为他还爱着。离开于他而言
是一种解脱。但在解放自己的同时，他难道不是
给所爱的女人套上了枷锁吗？他离开了，人们看
到他手中拿着凳梯离开，远去。这是终极的、电
影般的画面。他是这故事的中心，他有决定权。

这个故事对接下去的情节绝口不提。没有人
会想到，一天清晨，那个女子从熟睡中醒来后，
头发散乱、内心无助地透过窗户看着他一步步
离去。

我是在哪里读到这个故事的？不是在伊本·白图泰的书里，他讲不了这么细腻又微妙的故事。至于《一千零一夜》，这样的结局在书中是不可想象的。这个中国人的故事相对于《一千零一夜》的故事逻辑而言是怪异的，哪怕三年的考验和山鲁佐德讲故事的天数一样……当然，《一千零一夜》也有些故事会设置考验，有时甚至是更艰巨的考验，但男主人公通常都不会去责怪所爱之人哪怕是有些残忍的任性，他们也不会像这个中国人那样一走了之，潇洒得像是披了一件皇家大衣……

从那以后，艾达便没有人可以交谈了。我不在她的考虑范围内，她宁死也不愿和我说话。我的存在对她而言是一种折磨，她希望我离开，让前房客回来。一个冒充者，这就是她对我的看法。随着时间的推移，她已经接受了他的离开，开始享受孤独。窗边是她最爱的凝思之地，而我却打乱了她宁静平和的计划，破坏了她甜蜜的相思之情。

如何能帮到她呢？她在默默承受着痛苦，而我却无法为她做任何事情。我应该告诉她那个中国人的故事吗？她会告诉我为什么这个博士生会离开。他为她读了一堆故事，但没读到那个中国人的故事。如果他读到过，他们的命运或许会有不同。但他自己也不知道这个故事。

我还在等着富布赖特基金的回音。信箱始终空空如也，我开始慌了。我的租房情况并不透明，继续住在这个公寓里有风险。我意识到这一点是因为某天我去房屋中介那里咨询，却发现他们关门了。之后的日子一直没再开门。我感到很奇怪，就去向小卖部老板打听情况：他告诉我，有天上午，中介经理一反常态，很早就到了门店，随后带着一些文件匆匆离开了。

"这个门店是他非法占有的。他是个骗子。"

是时候离开这个地方了，不过我应该把公寓钥匙交给谁？给艾达吗？她愿意收吗？肯定不愿意。她拿这钥匙做什么？再说，她又该把钥匙交给谁？我必须尽快和她谈谈，我们的情况一样，或许两个人能商量出一个更好的方案。

但她没有出现在窗边。我等了她一天一夜，最后，我等得累极了，一头栽倒在了床上，我的身体因发烧引起的隐隐寒意而打颤。

我这不踏实的睡眠持续了多久？我想到了艾达，也想到了那个中国人。他会回来吗？如果他没有带走梯凳，他就可以有充足的理由回来。但从故事的美感考虑，他不应该回来。他的折返会使故事变形，变得怪异。

某一时刻，我听到窗外有动静，就像小石块或花生的喀喀声。不一会儿，有人敲响了房门。我挣扎着起来去开门。门口一个人都没有。也许是我花了太长时间清醒，来人以为我不在家就走了。

是房产中介吗？我没有欠他一分租金，他没有理由来打扰我。是前房客吗？他长途旅行归来，想回自己家？如果是他的话，为什么不用钥匙开门？

又过了一会儿，我听到女邻居关上了窗户。她为什么明知道我没有在看她还是把窗关上了？之后她重新打开窗，随后又砰地一声关上。她一遍又一遍地重复着。

我一定是又睡过去了，因为我又被另一阵敲门声惊醒了。我开门查看。依然是没有人，但能听到渐渐远去的脚步声以及某处的门轻轻合上。我刚躺回到床上，窗户开合的砰砰声又开始了。

当我终于能站起来时，我还是很虚弱，但是烧已经退了。我挪到窗前：艾达不在家。

几天过去了，她没有再出现过。寂静令人无法承受，仿佛整栋楼里的住户都搬空了。我重又想起自己发烧时的昏睡。也许她是来询问我的近况，关心我的健康，或是来道别的。这是一种可能，细细想来又觉得不大可能。可她为什么要等到最后一刻才来呢？

她信箱上的名字已经拿掉了。

我有种预感：我将永远也看不到她了。直到这时我才明白自己有多在乎她。她走了，以这种方式惩罚我那天没有和她打招呼。我应该恳求她的原谅，但我没有去尝试，我找不到合适的词来缓和，或一个好的故事来平息她的怒火。我完全没想到事情会朝这个方向发展，情况会发生反转，我将以和故事相反的方式活着：我留了下来，而那个中国女孩离开了。

很久之后，当我得到通知，我的赴美奖学金申请通过了，那天我很难过。我不得不离开我的公寓，舍弃我那扇朝向内庭的窗户和我的梯凳。

一天清晨，我早早离开单元楼，赶五点的火车去机场。街道被笼罩在厚重的雾气中。我刚走出几步，就听见三楼的一扇窗户打开了。我抬头望去，看到一个女性的身影。艾达？我无法准确定位她的那间屋子。她还住在这栋楼里，但换了一间房？她是不是搬到隔壁那幢楼去了？这也可以解释为什么她的名字从信箱中撤掉了。今后她就有一扇沿街的窗了，她终于摆脱了我的存在。

在一片大雾中，我似乎感觉她往窗外探了探，轻轻挥了挥手。她是在我离开的时候朝我的方向做出这个动作……所以我能看到她，最后一次见她，同第一次一样，都是在窗框里。

她又挥了挥手，很用力。是不是在提醒我别再逗留了，要耽误火车了？我如鲠在喉，拖着行李箱，重新踏上了去火车站的路。

想继续下去的卑微渴望

那天早上，我的视线与阿伊达的视线第一次交汇。第一次？总之那时候我还不知道她叫这个名字。

我坐在窗边的书桌前，打算写一两段我的博士论文，或至少读点文献，做点笔记。但桌上堆满了书、复印资料、草稿纸、水笔和铅笔，这让我一下就泄了气。当务之急是整理我的东西，将各类文件按照主题或学科分门别类，最重要的是进行筛选，把那些没用的纸扔了，但万一哪天它们就派上用场了呢？我无法抉择，遂放弃了整理工作。何况这也不是我第一次徒劳地想把书桌整理干净。

楼下的街道分外安静，建筑物的外墙沐浴在柔和的晨光之中。不远处主路上的喧嚣隐约能传进来一些，间或有一辆汽车或摩托车驶过。人们并不匆忙，家庭主妇们在流动商贩那儿买水果，孩子们在人行道上玩耍。这就是幸福，我从三楼往下看到的这种平静的生活……一种在小巷子里触手可及的幸福，在这里的时光中缓慢流逝。

我给自己定下了目标，一完成博士论文，我就要投身到这种简单的快乐中去：瞅瞅窗外，漫步在街巷中，驻足流连在商店的橱窗前。阅读也要选轻松愉快的内容：漫画、冒险小说、我喜欢的诗人的作品，我会毫无罪恶感地去阅读，因为长久以来我怕耽误写论文，一直禁止自己看这些。但即便我不看这些吸引我的书，我的论文也没什么进展，这个境况透着一种不应该有的悲惨意味。

有时候我想毫不迟疑地去实现我真正想要的生活，但一想到尚不明朗的处境、缥缈的未来，我便又潜心搞起学术，因为将来要靠它去大学谋个职位，尽管我被聘用的概率几乎为零。我已经厌倦在一所糟糕的私立中学教法语，给那些永远都不会去看书的小毛孩们上课。校长到学年结束就会解雇我，现在他一下子找不到合适的老师来顶替我。他对我的指责之一是给学生们的分数打高了。我知道他的意思，但恐于说出口：学年刚开时给低分，然后逐步提高分数，由此便可以让家长看到孩子的进步。不过从他的眼神中我感觉他还在怀疑我没有批改试卷，他认为打一些好看的分数是我应付了事的一种方式。

街上，那个我后来认识的名叫阿伊达的姑娘正慢慢往前走着，她手里攥着一张纸，打量着一栋栋楼的门牌号，看样子是在找某个地址。是我的地址吗？她一直走到了街尾，然后又折返回来。我听着她的高跟鞋走在人行道上的橐橐声。走到我窗户对面时，她抬起头望了望。我本能地往后退，害怕与她四目相对。她站了一会，随后迈着细碎小步离开了。

为什么我会有这种荒谬的后退举动？同时，为何我觉得自己早晚会再见到她？

我的博士论文题为"《一千零一夜》的那些作者"。我在用这个题目注册博士学籍时尚未意识到自己将面对的困难。这个题目是有一次 K 教授在匆忙中给出的建议。但后来他一直以为论文题目是我自己想出来的；而且，每次和他见面，我都得向他重提一下标题。

"您打算定什么题目？"他问道，声音中有些许不耐。

我感觉他在生我的气，因为我在这个问题上给他造成了负担，甚至仅仅是因为我的存在打扰到了他。

"您究竟为什么会选择这个主题？"

他心不在焉地听着我汇报《一千零一夜》故事汇编的各种语言版本、编者、译者、改编者，以及已有的手稿和版本。

"这些都是众所周知的，您得找到其他研究

方向。"

我对将于几周之后召开的研讨会抱有很高的期待，研讨会主题是"昨日和今时的作者概念"。阿卜德萨拉姆·拉穆吉教授（Abdeslam Lamouji）将研讨会地点定在了一家大型酒店中。我向他申请参会，希望在会上展示我博士论文的部分内容，他拒绝了，理由是报名已截止。

"无论如何，"他继续说，"《一千零一夜》的作者问题没什么价值，只会走入死胡同。"

在他眼中，我不具备参会的条件，他要的是权威学者的名字和知名大学。出于同样的原因，他也拒绝了卡姆洛的参会申请。卡姆洛是往届的一个学生，他想报告的主题是"山鲁佐德在东方绘画中的再现"。

奇怪的是，拉穆吉坚持所有想列席旁听的人都需要注册并支付费用，否则，他说，"就没有观众了"。

一些天后，我又见到了阿伊达，那个美丽的

陌生女孩。有一天晚上，我闲来无事，走进了一家画廊，那里正在展出画家穆门·巴利（Moumen Bari）的作品。我来回转了两圈，注意在每幅画前都稍作停留。看，不看……一些斑点、色块、粗劣的画，没什么吸引人的。如果要谈论这些画作的话，我应该说些什么？和谁说？对这个话题唯一感兴趣的可能只有画家本人了吧……

但我并未决定离开。在画廊的观众里，我多少认出了一些熟面孔，这些人是文化强盗（maraudeurs de la Culture），他们出现在所有开幕式、音乐会、讲座、研讨会、圆桌会议、论坛中。我的同类……他们进入画廊后便会假装看画，因为他们知道自己正处于他人的目光之中，他们所表现出的略微过度的兴趣俨然在上演一出喜剧。这个看展的义务完成后，他们就开始搜寻熟人了。对他们而言，画展是一种社会活动，一个社交场所。他们三五成群，相互致意，用手机接听电话。他们并不关心画作；我承认，我自己也只是因为偶然路过时看到了里面的人，才走进了画廊……

我一下就认出了画家本人，他正向围在他身边的观众解释其作品，观众们都带着钦佩的神色倾听着。待走近后发现：不，他们正在说别的事情，谈论着自己所认识的有着罕见姓氏的人：西杜瓦纳（Sidoine）、巴图尔（Batoul）、蒂法（Tiffa）、布里斯（Brice）、爱因霍阿（Ainhoa）。我不敢加入他们的谈话，但我打算有机会的话，和巴利聊聊我对他绘画的印象。

我在观众中看到了阿卜德萨拉姆·拉穆吉教授，不过他假装没看到我。我还发现了奥马尔·卢巴罗（Omar Loubaro），这是我的老同学，他可不能假装没看到我了……他因出版了一本诗集而成名，诗集名为《想继续下去的卑微渴望》（*Un piètre désir de durer*）。所以他正处于作家崭露头角的中间阶段；只消再出版一部诗集，他就能确立在文坛的地位了。许多人见到他都会叫道："诗人！""我们的大诗人近来过得如何？"

站在他身旁的是阿伊达。近距离看到她我才

记起，我曾在一些画展开幕式上见过她；她应该是从事艺术工作的，组织一些文化活动。每次我都试图跟她打招呼，引起她的注意，但她从来没正眼瞧过我。现在正是认识她的好时机，卢巴罗会帮我引见的，他同我打了个招呼。我走上前去和他握了握手。

"阿伊达。"他说。

我把手伸向这位年轻姑娘。她看了看我的手，没有回应。

真正令人钦佩的是她的淡定。她没有表现出任何困扰或是犹豫的神色，比如说，她没有为了要避开我而转身去看一幅画。她就站在我面前，笔直而骄傲，微微眯起眼睛，犹如看一只狒猴般看着我。

卢巴罗明显感到很尴尬，他不知道该如何为我解围，缓和局面。他没想到我会遭到此等羞辱，这出乎他的意料。但在他内心深处，他也许对我所遭受的羞辱也并不以为意，我怀疑他是和这位年轻女孩串通好了的。在我看画的时候，他们都对我做了什么评论?

他移步到饮料桌旁,端起一杯饮料递给了我。如果他认为自己可以以这种体贴来翻篇,那他就错了……他欠我一笔债,一笔巨大的债,因为他无法兑现,所以他感到不自在,他埋怨我。

"我不知道你对绘画也有兴趣。"他说。

在他眼中,我不应该(概率和义务)对艺术感兴趣。这本没有错,但为什么要告诉我?向我指明我不该来这里,我是艺术世界的陌生人,我的出现没有道理。而他却……

"也许你可以针对这个画展写一篇文章。"阿伊达转向他说。

他突然紧张起来,朝我看了一眼,仿佛是在向我求救。只要我稍稍回应,他就能得救了。但我情愿在他结巴回答的时候别过脸去:

"我会看看……"

没有任何可看的。

就在这时,画家走向阿伊达,阿伊达高兴地同他打招呼。他没有注意到我,而是和卢巴罗打了招呼。我们的诗人！诗人也礼尚往来，赞叹道：

"你的画棒极了。"

一个画家和一个诗人之间的寒暄有着自发的亲切感，他们对彼此都没有任何嫉妒之情。卢巴罗补充道：

"将来我们应该合作写一本书。"

适时的步骤。对于这，我再明白不过了……

阿伊达询问巴利，这些画将来赴国外展出的保额是多少。是时候由我来说句话了。也许她听到我的评论后也会建议我写一篇文章，而这将会是一个增进关系的好机会……但我知道她不可能向我提出任何建议，没人看过我的文章，或者说如果，但是……我对画家说了我在他的画中所辨认出的东西：史前生活的场景、洞穴、马、一只模糊的猛犸象、垂直的剪影。他愣愣地看着我：

"您认为我的绘画是原始的？"

他歪曲了我的话，赋予它与我的想法、我想说的话不一样的含义……假如我有什么意思的话。我或多或少隐约感觉到他的画与岩画之间的类似。我绝无意冒犯他，而是在向他示好，想要获得他的好感（其实我主要是想引起阿伊达的注意）。为了试图补救，我问他有没有读过《火之战》（*La Guerre du feu*），他似乎不是很明白，所以我强调说这是老罗尼（Rosny aîné）写的小说。但我的补救成功使情况变得更糟了：我不仅把一个堂堂后现代画家类比于早年间的小说插画师，还无意间给他设了陷阱，迫使他承认自己的无知。

"我不看书，先生，我画画。"他生气地回答。

我不该谈论文学，我应该提提他与其他画家的联系，并把他置于当今的艺术潮流之中。但一来我对这个领域不熟悉，二来我的发言也很有可能无法得到赏识：巴利会认为我在影射他受了什么影响……我及时控制住自己，没有提拉昂（Rahan）[1]。

一位打着蝴蝶领结的俊朗老者的出现适时为

---

[1] 法国连载漫画《拉昂》中的主人公。**译者注**

我解了围，他赞叹道：

"好极了，亲爱的大师，我非常喜欢您的绘画，画中调色的直接、色彩的和谐和形式的平衡都使我深深着迷。您的画表现了人性、灵魂和存在。"

巴利被取悦了，他低声表示感谢：这就是他喜欢听的调调，这就是我说不出的话。关于存在的表述……但空洞、万能的言语是一门艺术，只有极少数的人掌握了这门艺术。我很羡慕那些掌握了的人，尤其是我无法讲出创新性的发言，或者更确切地说，哪怕我说出来了，也更像是妄语。可怜的……

画家看着我手中的杯子，仿佛想要把它夺过来。很显然，我是不受欢迎的人。我该离开了，回到自己家，独自咀嚼我所遭受的这接二连三的羞辱。我向卢巴罗打了个招呼，然后重又不由自主地向阿伊达伸出了手。她和刚才一样没回应我。我想我在她唇边辨认出一抹模糊的笑意。巴利也发出了雷鸣般的笑声。我活该如此。

她为什么要这样对我？我都不认识她，而

且原则上来说她并没有敌视我的任何理由。或许单纯只是因为我的长相让她看不顺眼，她要让我知道，也要当着所有人的面表现她对我本能的厌恶。最可悲的是，我总是把美丽与善良相联系，我始终认为漂亮的脸庞所映射的是温良的心灵。但美貌确实给人以权利，给人以优先服务和羞辱他人的权利。

但也许阿伊达认识我，知道一些我的事情，一些不好的事情，不然如何解释她拒绝屈尊同我握手？她对我有什么了解？她认为我有什么卑劣之处？我可没有过作奸犯科之事，好吧，我没犯过严重的事，只有过一些小小的不当之举。虽然我有时确实有过不好的念头，但我只是在自己心里想想，从未对他人提起过。也许这些念头从我的脸上被解读出来了，也就是说阿伊达看穿了我。不，肯定是卢巴罗让她敌视我的，他对她说了我的可耻行为，不论是真实的还是杜撰的，给我泼了脏水。

但也有可能是她在生我的气，因为那天她抬

头望向我的窗户时，看到了我往后退的举动。

我环顾四周。人们似乎对这边发生的事无所察觉。他们正顾着自己，这件小事并没有人注意，至少我是这么想的，我也需要这样想。我低着头，满怀屈辱和被冒犯感，朝出口走去。在我身后也许会有一些议论，或者是全然的漠不关心。

夜幕落下，街上空无一人，天上飘着毛毛细雨。我突然瞥见右手边有个流浪汉的身影一闪而过。我继续朝前走着，但刚刚看到的那张脸并不陌生。我往回走了走：那是我在一家商店橱窗的倒影。我惊呆了：那些人看到的就是这样的我！我这副邋遢样，着实是要被嘲笑和鄙视的对象……阿伊达不愿意同我握手无可厚非。

我不该杵在那里，但我被自己的模样绊住了，就这样淋着雨看着橱窗中的倒影，仿佛是在评估自己的落魄程度。突然间我的倒影变得模糊，取而代之的是卢巴罗的身影，他微笑着，露出一口动物般洁白的牙齿。我转过身，正是他。

"我说，你这是在自恋，"他说，"小心，你会溺死在自己的倒影里的。①走，一起去喝杯咖啡，我请客。"

也许他是想安慰我，告诉我不要放在心上，阿伊达没有恶意……

"想想在巴黎的时候，我曾在吉贝尔书店②看到过《想继续下去的卑微渴望》，就摆在马格里布某些作家的书旁边。上面贴着'二手'的黄色标签。我心说是谁买下它又卖了它。他不喜欢这本书，或他需要钱……我差点就把它买下来了，但转念一想最好还是让它留在那里。"

他沉默了一阵，继而补充道：

"出版商至今都没付给过我一分钱，这并不妨碍他每次见我都破口大骂。他说自己做了亏本买卖，几乎是在怪我欺骗了他。仰他鼻息挺不好受的，他很可能不会再想出版我的作品了。不过

---

① 此处影射的是希腊神话中纳西索斯（Narcissus）的故事，他被自己在水中的倒影迷住，最终溺水而亡。译者注
② 吉贝尔书店（librairies Gibert）是法国大型连锁二手书店。译者注

你放心，一旦他付给我版税，我马上就分给你。"

他为自己那本书的营销而忧心，看到它被陈列在巴黎的书店中很开心。不过，为什么他要和我说出版的困难？他提到出版商是想说明什么？

"我知道他收到了一些翻译的报价。顺便说一下，为什么你不试试阿拉伯语版本的翻译？这门语言可是你的强项。"

我放弃了提醒他我的法语也不赖。我得表现出耐心，首先听他说。他刚刚给我指了一条翻译的路，不过他心里另有计算。

"问题是，"他过了一会说，"这个书名不好卖……不，是不好赚。《想继续下去的卑微渴望》……它是一种识别记号（*Schibboleth*[①]），也就是说……哎，这个单词也完全无法翻译。"

不过，他在巴黎时读了雅克·德里达所撰写的关于保罗·策兰的书！他有了长进，恰如其分

---

① Schibboleth 一词源自希伯来语，现多译作"识别记号""口令"。该术语是指某句话或某个词只能由特定语言群体使用或者发音，更多作为一种口头符号，难以进行书面翻译。**译者注**

地显示了他的学识，甚至还敢批判编辑了。他想表现自己的优越性，但现在还不是拆穿他的时候。他强调书名是为了一个我不难猜到的具体想法。

"我读了你发给我的那本《剪影》。我读了好几遍，还做了笔记。你在考虑出版这本书？"

"你觉得这本新诗集怎么样？"我尽可能警觉地问。

"棒极了（正是他用来形容巴利画作的词）。不过如果我是你，我会以另外的方式来编排这些诗，并换个书名。你所拟定的这个书名在我看来显得平淡了，我另有一个书名给你。"

我没问他那个书名是什么，因为我决心要尽可能地谨言慎行。我的沉默让他有些发窘。

"《废弃的饰品》。"他终于松口。

我懒得和他说我更喜欢《剪影》这个书名，也没有必要展开讨论。

"你想在哪家出版社出版？"

"我把它交给乔克拉尼（Choukrani）了。"

对此他一点儿也不高兴，甚至露出了紧张的神色。

"你收到回复了吗？"

"还没有，不过应该快了……"

"因为不然的话，我们可以考虑……"

他止住了话匣子。我知道他在想要什么，有点幸灾乐祸地想要打破砂锅问到底。

"考虑什么？"

"噢，没什么，我不知道……可能有这样的想法，一种诗歌上的合作……"

"绝无可能。"

"随你，但还是考虑一下我的提议吧。"他说着，突然起身。

他变得几乎有侵略性，好像我冒犯到他，侵犯了他的权益似的。他的提议呵！脸皮可真够厚的。

他走了，很显然，他没有结账。

真是个美妙的夜晚啊！卢巴罗想把我的第二本诗集据为己有，而阿伊达则拒绝同我握手。是他对她说了一些鬼话,让她厌恶我。只有最关键的是:有一件事他永远也无法对阿伊达说出口。

以前上课的时候,冯德兹(Vondez)先生非常喜欢奥马尔·卢巴罗,以打趣他为乐:

"瞧瞧你们这位同学,"他对我们说,"他看似温良,实则是一匹狼。一些法国妇女管她们的丈夫叫'巨狼'(Grand Loup),天知道为什么。马塞尔·普鲁斯特笔下有个人物叫'圣卢'(Saint-Loup)(普鲁斯特是一位伟大的法国作家,他患有哮喘病,在医生的建议下,他通过喝大量的啤酒和白兰地来治疗自己,但他的祖母并不喜欢这种疗法)。"

冯德兹先生说这番话的时候,还没有"小流氓"(loubard)① 这个词。

---

① 卢巴罗的名字为 Loubaro,教授从词形上将这个名字与法语单词"loup"(意为"狼")相联系,还从卢巴罗的名字延伸到了伟大作家普鲁斯特的小说人物 Saint-Loup,有褒扬之意。但叙事者对此不以为然,他认为卢巴罗的名字从词形上看更像 loubard(意为"小流氓"),与教授的类比形成了反讽效果,暗含他对卢巴罗的不屑与贬低之意。译者注

卢巴罗的声音很好听，发音也不错。在课上需要朗诵一篇文章时，冯德兹先生都会请他来读。他的小舌音 r 不是通过颤动舌尖来发音的，而这却是我从未成功纠正的一个发音缺陷。这一切要追溯到小学时初学发音那会儿。那时的老师叫斯·阿西那（Si Ahsine），他按照自己的方法来教我们认字母：不是教 a, b, c, d,……而是发明了 i, u, teu, o, a, deu……他总穿着吉拉巴长袍①（教阿拉伯语的老师反倒是一身西式打扮），而且他过分认真，甚至人还没到教室呢就已经把课本打开开始上课了。他让我们重复：la bougie, i, i。我不记得 r 在他发明的字母表的哪个位置了，但只要他一发这个小舌音，整个班的发音就都被他带偏得无可救药了。

卢巴罗运气好，他在科皮（Copie）夫人（这些老师的名字都不是杜撰的）教的那个班，所以还能挽救他的语言。他幸福地操练着口语中的单

---

① 吉拉巴长袍（djellaba），北非阿拉伯国家传统服饰。译者注

词和表达，而我则说得很费劲，只能练练课本中的表达。但说是一回事，写是另一回事；而这就是卢巴罗的弱项了。

他是个天生的抄作业达人，所有科目皆是如此，这对他来说无往不利；但他在"法语写作"上碰了壁。当然，他可以去书里抄几个段落，他也并不排斥这样做，可问题是他不知道该抄哪些来对应不同的题目要求。所以我给他代笔，甚至是在课堂练习或在考试时也这样做。对此我也乐在其中，感觉自己在戏耍冯德兹先生，最为搞笑的是，有时候卢巴罗的分数竟然比我的分数还要高。我并不介意；归根结底，我知道这是我的成绩，这就足够了。这一代笔艺术在冯德兹先生偶尔建议我去参考卢巴罗的写作时达到巅峰。

很早之前，我就萌生了写诗的念头。这念头始于一个炎炎夏日的夜晚。我的脑海中浮现出以下诗句：*晚风起／如此炎热／鸟儿的啼叫*。而这恰恰是呼吸到一抹新鲜空气的时刻，是一次意外的释放。平平无奇的事物一下子就有了它们在宇

宙之中的意义，我也突然体悟到，撇开一切价值
判断，正是通过这些诗句，通过对这些零散片段
的整理，我可以创作出一首诗。

这以后，我或多或少都会定期作出其他诗
句，如瓦雷里[①]所说，这是神赐的礼物。但没有
人对我的诗感兴趣，只有卢巴罗愿意听我的诗，
还非常欣赏。他是个绝佳的倾听者，我得承认，
他也表现得像个好顾问。当我的诗作数量足够多
时，他帮助我把它们整理成了一部诗集。是他第
一个想到要出版这部诗集，也是他想了这个书
名，《想继续下去的卑微渴望》。毋庸置疑，这是
个新颖的点子。

他问我，我们该署什么名字出版，这个问题
让我有点反应不及（当我意识到"我们"所指代
的范围时已经有点晚了）。我很迷惑，因为答案
是不言而喻的：署我的名字，这是理所当然的，
除非我想用笔名，但我觉得没有那个必要。

----

① 瓦雷里（Paul Valéry，1871—1945），法国著名作家、诗人、哲
学家，其著名诗作《海滨墓园》广为人知。**译者注**

当时其实我对许多事都不甚了解。出版，真是不知天高地厚！想成为作家，成为那些出现在课本里的作家中的一员，这是多大的奢望啊！那时我非常不安，仿佛我的人生即将发生重大的转变。古代诗人仅把自己当做恶魔的代言人，神圣的荷马也谦逊地表示自己不过是复制了缪斯的教导。

"如果你愿意的话，"卢巴罗说，"我们俩共同署名出版这本诗集。"

我对这个想法并不感冒。大家几时见过一本诗集署两个作者的名字？一本小说、一篇故事或许可以，但诗歌应该是表达一种个人性，一种独特的敏感性的……除非是一群人为了好玩而作的应景诗或是一些玩笑的诗句。也有阿拉伯诗人玩过这类游戏，每人吟半句，但这毕竟是边缘的、不入流的创作活动。

时间在流逝，我还无法做出决定。卢巴罗又回来游说我：

"这些诗质量这么高，一定要让大家知道。"

由于我总是回答说我不敢，有一天他对我说："如果你愿意，我随时准备与你共同署名。"

我被友谊的忠诚感打动，立刻便同意了。毕竟我是想向自己证明我的价值，而非向他人证明。机会就摆在我面前，让我放弃自己的作品来证明我心灵的完美。永远不要自我吹嘘，不要穿着招摇，视荣誉为浮云，避出风头……这些存在于我的天性中，在我所接受的教育中，根本上是基于对他人恶意眼光的恐惧。幸福和成就使我不安，好像它们必然会导致后面的灾难一样。只需对自己的优秀满意即可，旁的我不甚在意，虚荣心，泡沫。如果我生活在中世纪，那我一定会是个神秘主义的玛拉玛蒂①，为了接近上帝而甘愿受他人鄙夷：玛拉玛蒂不仅将自己的财产分给别人，自己靠乞讨为生，而且他还有可鄙的一面，引起人们的反感和谴责。

———————

① 玛拉玛蒂（malamati），词源是阿拉伯语中的"责备"。玛拉玛蒂来自玛拉玛蒂亚（Malāmatiyya）这个神秘伊斯兰团体，他们相信自责的价值，认为虔诚应该是私事，受到良好的尊重反而会导致对世俗的依恋。**译者注**

最后，我放弃了自己的署名。这么做是出于一种迷信，就像我完成了一种祭祀仪式；要想诗集出版，我就得做出献祭，剥离自己的那部分。或许也可以说，在我良心的某个地方，我希望卢巴罗能够揭开故事最后的结局，并向公众宣布我才是作者？我们难道不是在开一个玩笑，设一个骗局？在适当的时候，我们会不会把真相揭开？

这本诗集得到出版社青睐的希望微乎其微。卢巴罗走遍了所有出版社，他们都礼貌接待了他，向他解释说这个选题无法盈利，因为没人会去读诗。其间，每次遭到拒绝，我都会在失望和如释重负之间摇摆。终于，当他找上"大作家"艾哈迈德·纳赛尔（Ahmed Naceur）时，后者不仅把诗集推荐给了他自己的出版商乔克拉尼，而且还答应给诗集作序。

奇迹发生了，这本诗集甫一出版就大获成功。这既要归功于纳赛尔那篇优美的序言，也要归功于它那吊人胃口的书名。大家都对这个题目赞不绝口，就连那些没看过书的人都知道这个书名，惊叹不已。人们问卢巴罗这个书名的内涵，他们想知道这个绝妙的标题是否有什么典故出处。一些学识渊博的人则联想到这是借用自保尔·艾吕雅（Paul Eluard）。

"这本书光是书名就很有趣！"有人赞道。

我一点儿也不喜欢最后这个评价，而且我还开始讨厌书的标题了，因为我甚至都无法正确地发音，我悲哀地只能用舌尖发小舌音 r①。

之后便是些图书出版获得公众好评后的常规活动。卢巴罗受邀参加各种诗会，不同文化机构都邀请他参加诗歌朗诵会，还带音乐伴奏和灯光效果。纯粹的庸俗……听到我的诗句被琵琶应和着吟诵，我感到很惶恐，好像它们不能独立存在一般。每次我都气得不行，但还是和其他人一样鼓掌。卢巴罗也受邀出席了一些电台或电视节目，一家报纸还刊登了一篇配有照片的采访（其

---

① 诗集名《想继续下去的卑微渴望》（*Un piètre désir de durer*）含有多个小舌音 r。译者注

中部分问题是：他在一天中的什么时候进行创作？他是如何找寻灵感的？）总有一天，还会有关于他的学术研究出现。更过分的是，他获得了去柏林两个月的奖学金，美其名曰去学德语和读荷尔德林的作品，但他除去上课时学的那些，分明对诗歌一无所知。有些美国学生已经对他产生了兴趣，一些期刊、报纸和选集编者都向他索求新诗。

每回与别人碰上，他都会被问到一个经典问题：

"下本诗集什么时候出？"

当然，他的下一本诗集肯定是没戏了。这对我来说算是一个小小的安慰：他将无法走得更远，他将会成为只出版过一本书的人。但这并不能说明什么：许多伟大诗人也都是凭借其唯一的诗集而闻名于世的。何况谁能算得准呢？说不定有了第一本诗集的成功基础后，现在卢巴罗随便写点什么凑成诗集都能受到欢迎。他所出版的一切都可以享受《想继续下去的卑微渴望》的红利，受得好评。何况在频繁出入文学圈后，他已经学到了很多东西，也有了自信。

一种愤恨的毒素渐渐深入骨髓。他人在享受本该属于我的荣耀。我内心苦涩，后悔没有选择用笔名出版，因为那样的话，我随时都可以说出真相，以真面目示人。而如果我现在要这么做，没有人会相信我。即使有人相信我的说法，那也是把我当成了傻瓜。最让我反感的是，我还不能改变对卢巴罗的态度，还要继续装出友好的样子。

在某些清醒时刻，我会对自己说，以我这种畏首畏尾的性子，靠我自己是无论如何也出版不了的。而且即便是这本诗集署我的名字，它也有可能激不起水花。那个我在玻璃中看到的流浪汉倒影……一本书的成功，仅靠文本是不够的，还要有人物、声音、优雅、姿态、巴黎腔的小舌音。想想那些谈论作者已死的评论家和哲学家吧！

在某种程度上，卢巴罗是我的模板。我学着他的样子去接洽了同一个出版商，还学他去联系了艾哈迈德·纳赛尔，想请他为我的诗集《剪影》作序。

纳赛尔很爽快地答应阅读我的手稿。他是个幸福的作家，闻名遐迩，在世界各地广受邀请。这自然引来了别人的嫉妒，有人说他很杂乱，有人说他有种矫揉造作的复杂，还有人说他附庸风雅。有时我对诋毁他的人深感赞同，但同时又对自己从中体会到的那种恶意的快感而感到羞愧。

每回我碰到他，他都会拉着我的胳膊，带我去他要去的地方，滔滔不绝地给我讲他正在写的东西。我听他说着，但凡我蹦出一个词，他就会马上抓住这个词并开始一轮新的演说。对于我的评论，他表现得很高兴，时常在这些评论的基础上进行更为深入的拓展。有一天，我邀请他一起喝咖啡，他拒绝了。

"我更愿意一起散散步，有点逍遥学派的感觉，不是吗？"

他的住处离市中心很远，因此很少来这里。他总是行色匆匆，肩上斜挂着一个瘪瘪的背包。我走近他时，他脸上会浮现不快的神色，仿佛我打扰到他了，但随即就会放松下来。

就在某次散步时，他从背包里拿出了我的手稿，开始翻了起来。

"我非常喜欢你那首叫《独眼怪》的诗，讲的是穆耳台米德（Al-Moutamid）和乌鸦，这种鸟一般被形容为独眼，因为它带来坏消息。穆耳台米德是怎样的一种命运啊！一个落魄的国王，他在摩洛哥的阿格马特（Aghmat），远离了他的安达卢西亚，远离了塞维利亚和他的荣华富贵，他被所有人抛弃，被铁链捆住。他的儿子们都被杀了，他的女儿们赤脚走在泥污中，他的妻子还留在塞维利亚。这就是你这首诗的开头。你描写穆耳台米德望向天空，看着鸟儿的飞翔。他在等。日复一日，鸟儿也是如此。一天早上，一只乌鸦落在他不远处的一棵矮树上，发出了呱呱的叫声。是这样吗？我引用一下：

厄运的先知，你想从我这里得到
什么？

无怪乎人们称你作独眼怪。

但你唬不住我，

我已经体悟到绝望的平静。

你发出叫声，

你说我亵渎神明，但希望本身就
是一种亵渎神明。

别固执了，我已写好了我的墓
志铭。"

纳赛尔转身对我说：

"说希望是亵渎神明，这真是可怕的言论。
但话音刚落，他就看到远处有一行商旅队，并在
其中认出了自己的妻子，她正骑在一匹骡子上。
他开始四肢颤抖，身上的锁链也跟着抖动起来。
他站起身，转向乌鸦道：

我再也不叫你独眼怪了。

"这个结局真不错，让人联想到埃德加·爱伦·坡的《乌鸦》，不过这两者的含义还是不同的。虽然在这两个故事中，乌鸦都拥有最后的话语权，但"再也不"的说法是不一样的。埃德加·坡赌输了希望，而穆耳台米德则赌输了绝望。噢，你的这个结尾是如此反讽，它混杂着凄美、快乐、苦涩……*我再也不叫你独眼怪了*……

"很显然，在提及穆耳台米德的妻子时，你对历史现实进行了自由发挥，你有这个权利。编年史家记载的是"他的妻子之一"。但你很明智地说成了唯一的妻子，不然你这首诗的意境就不一样了，就不会那么触动人心，或者说，它会变得很怪异。

"我还想搞明白为什么这位夫人是在骡子背上。驴比较低级，会使穆耳台米德的妻子看起来像是杜尔西内娅·台尔·托波索[1]一般。还有……带轿子的骆驼或是一匹马看起来会更贵气一些，

---

[1] 西班牙小说《堂吉诃德》中堂吉诃德以邻村农家姑娘为原型所杜撰出的公主形象。译者注

有一种视觉上的崇高，全方位凸显这位夫人的
尊贵。

"至于提到一行商旅队……是否有必要？这
引入了东方色彩……穆耳台米德在地平线上看到
一个女人，并突然意识到那是她的妻子，这样说
不是更好吗？她独自一人走着。一位步行与国王
团聚的王后……她从塞利维亚出发，穿过直布罗
陀海峡，在丹吉尔上岸，一直走到了马拉喀什，
并从那里前往阿格马特。穆耳台米德看到她的
时候，她赤着脚，筋疲力尽，憔悴不堪，衣衫褴
褛……然后他便站了起来，等等。看到妻子这个
样子他会做何感想？他又会对乌鸦说什么？我的
想象力被激发，正在构想一个电影般的画面，我
似乎在修改你的诗，这绝非我的本意，但你的读
者被你推着这样做，你邀请读者从你的诗中创作
出他们自己的诗。"

纳赛尔在翻找着稿子中的某一页。

"啊，在这里，我找到了！容我再重复一遍，
你的诗有种罕见的魔力，让人读了也忍不住想自

己写上几句。我尤其喜欢这倒数第二首诗《愿望》，它的题目和诗集的书名《剪影》不无相似之处。轻盈、模糊、神秘……你描写了一对散步的男女，他们刚刚相遇，没认识一会儿。鸽子在蓝天上飞过（又是鸟类）：

来自外界的信使，

你听到他们的讯息了吗？

给我们的都一样吗？

鸽子传达了讯息，

快，让我们在翅膀折断前许个愿。

二人都不知彼此的低喃：

让这一刻停住吧！

细心聆听的鸟儿们带来了回复。

天空没有了鸽子，

突然的忧郁，

但已经太迟。

我们是愿望的俘虏，

鸟儿都已远去。

命运的机械性，

宇宙中的轻弹，

捕鸟人的裁决。"

纳赛尔评论道："诗中的两位人物都被他们的愿望束缚住了，正如穆耳台米德被锁链所缚。想要撤回愿望已是徒劳。顺便提一嘴，我注意到这首诗有歌德的影响，那是浮士德的一段追忆往昔的话，他说他绝不会对时光说：'停住吧，你是如此美好。'"

纳赛尔停了下来，他的眉毛微微皱起。他有些难以启齿的话要对我说。我能猜到是什么：

"你有一种声音，你的诗歌是……故事性的。对，就是这样，你每次都讲述某个特定的时刻，一个动人故事的片段。你的创作有点像奥马尔·卢巴罗。看来你一定已经细读过他的作品，而且完美地掌握了他的创作方式……"

致命的一击。我被说成了卢巴罗的模仿者，一个仿作者。即使我成功出版了，我也只能生活在他的阴影之下，以他的方式创作。他始终都会阻碍我的发展：他不仅窃取了我的《想继续下去的卑微渴望》，而且还是我将来所创作的一切的障碍。我不得不采取不同的方式进行创作，成为自己的陌生人，放弃自己的声音，而采用另一种声音。但那将是一场灾难，因为我只有一种声音，唯一的声音。

如果我告诉纳赛尔我才是《想继续下去的卑微渴望》的作者，他一定会很困扰，从此多了一个棘手的问题，尤其他还为这本诗集作了序，已经不自觉地被牵扯进来了。他也许会怀疑我是冒牌货。假使他相信我，他就会不再和我来往，但——噢，矛盾的是——他不会和卢巴罗计较。

尽管我知道我不可能出版《剪影》，一切复仇的希望都是徒劳，但我还是每天早上都在三楼眼巴巴地等着邮递员的到来。他摩托车的低鸣声……但出版商没有来过一封信。经过几个月的苦等，我决定上门去找他，看看我的手稿最终会面临怎样的命运。

乔克拉尼在他的办公室门口接待了我，没有邀请我进去，和我简单谈了一下《剪影》：

"我不出版诗集。之前破例给卢巴罗出版是因为那个混蛋纳赛尔把他形容成一个非常有前途的诗人。所有人都和我说《想继续下去的卑微渴望》是一本优秀的诗集，但却没人去购买。目前只卖了200册，除非进行翻译，不然我永远回不了本。意大利人已经买下了版权，西班牙人和德国人还在犹豫，美国人和我说这本诗集在他们国家有人在看，但我不是很相信。罗马尼亚人倒是很愿意出版，但不愿意支付版权费。有人和我说，一个见习诗人正在把这本诗集翻译成阿拉伯语，但他推迟了出版，因为他似乎无法把书名翻译成阿拉伯语。对我而言，我并不着急，因为我不认为有翻译成阿拉伯语的必要。"

如果是卢巴罗来推销《剪影》，事情可能会有转机，乔克拉尼很有可能会答应他。讽刺到了极点：为了出版这本诗集，我也许不得不再次署卢巴罗的名字……我的诗歌更适合他。

乔克拉尼突然沉下脸，向我投来一个怀疑的眼神：

"奇怪的是，卢巴罗最近交过来一份书稿，里面是和你一样的诗歌，只是排列方式和书名有所不同，他的书名是《废弃的饰品》。我不会给他出版的，至少不会立刻出版。不过这是怎么一回事？现在你们两个人用各自的名字和书名提交了同一本诗集！必须搞清楚。"

这时电话铃响了，他借这个机会摆脱了我，合上了办公室的门。我也免去了繁琐的解释。

我备受打击。卢巴罗竟瞒着我试图背信弃义地占有我的第二部诗集……但这次行不通了，我要说出全部真相。我要公开那些我还没发表的诗歌，以及我保存的手稿。虽然没人会相信我，但此举还是可以在他们心中种下怀疑的种子。

离开乔克拉尼办公室所在的那栋大楼时，我遇到了阿伊达，她变得更美了。自上次画廊一别，想见她的念头一刻也没停止过。我穿梭在城市中找寻她，想向她解释，尽管我的脑子里还是一片混乱，不知道自己做错了什么。如果说她的行为在我看来是合理的，那么就说明我之前很有可能对她没有足够重视。虽然我之前会时不时想起她，但她还没有像现在这般成为我的一种执念。她羞辱我只是出于这个目的，希望我不要忘记她？如果这是她的意图，那么她成功了。

那天她的腋下夹着一本画册，看起来有些疲惫。我突然升起一股怒气，直接质问她为什么要拒绝同我握手。她直视着我的眼睛，点燃了一支烟。

"因为您传播谣言说您才是《想继续下去的卑微渴望》的作者。您对奥马尔·卢巴罗的态度也很恶劣，您不值得任何尊敬。"

我沮丧地一句话都说不出来。我需要思考。所以她知道了……但谁告诉她这个骗局的？不是卢巴罗，无论如何，他是同伙。她通过这样或那样的线索猜到了；除非假设卢巴罗抢先说了。当然，他肯定是以自己的方式来诉说这件事的，声称我是出于妒忌想占有他的作品，说我是个危险分子，他不知该如何摆脱我。他暗地里中伤我。等我要申张自己的权利时，就没人会相信我了。

我竭力克制自己，问阿伊达是不是卢巴罗告诉他这个故事的。

"所有人都知道这件事，大家都厌恶你。你不仅要窃取他《想继续下去的卑微渴望》，还向他施压，要他把第二部诗集《废弃的饰品》给你，这本诗集是他计划不久后要出版的。您真是卑鄙。您看看自己吧，您看起来就像是一个闹剧中的叛徒。"

我磕磕绊绊地解释：

"这纯属捏造。卢巴罗嫉妒我，他想成为我，取代我的位置。"

"您想让谁相信这番话？即便如此，为什么此后您未有任何成果发表，连一首小诗都没有？"

"我没有找到出版商。"

"要想发表诗歌总能找到办法的，哪怕不是

通过书的形式，也可以在期刊中，或者在诗歌朗诵会上。"

"但他们都不接受我。"

"那您就从来没问问自己是为什么？"

她用高跟鞋踩灭香烟，这让我觉得她是在践踏我。无论我如何解释，她都拒绝听我说。我不是卢巴罗的对手，他优雅、出众，随时准备绽放微笑。

"您所要做的是公开揭露自己。大家会因为您可悲的状态而原谅您，并最终把您遗忘。这件事最好尽快去做，比如在几天后将要举行的关于作者概念的研讨会上，您当着所有与会者说出实情。您站上演讲台当众坦白。相信我，这之后您会感觉更好的，您会从良心的重负中解脱出来的。"

毫无疑问，我有着当受害者的使命。对我的指控是恶意的、不公正的。但为了不让阿伊达失望，我愿意承认自己的罪行。我很感谢她同我交谈，感谢她关心我的命运，愿意把我从良心的泥沼中拯救出来。也许这以后她就愿意同我握手了。与她分别时，我想到了在电影中，人们出于同情而给叛徒一把枪，好让他能自行了断。

　　在举办研讨会的酒店大堂，一位女接待员站在一张堆着小册子的桌子旁，她正拿着一面小镜子涂口红。她既不漂亮也不难看，但她那涂了指甲油的长指甲和那异常鲜红的嘴唇使她看起来有些可怖。我被她化妆时的专注所蛊惑，迷失在她的倒影中。她似乎没注意到我的存在。终于，她打扮妥当，对自己的形象非常满意，微笑着看向我。我被这种过度的女性气质搅得有些晕眩（她一定有一对饱满的乳房），于是我上前作了自我介绍，并问她要了一份会议议程册。尽管我竭力想表现得很有自信，但讲话时还是不可避免地磕绊了。

　　"议程。"她模仿我那无可救药的小舌音 r[①]，

[①] "议程"原文为"programme"，该单词中包含两个小舌音 r。译者注

好玩地重复了一遍。

对此我已经习惯了，我的学生从不会放过任何一个机会来嘲笑我那有缺陷的发音。在她的这种亲切鼓励下，我问了她的名字。

"弗雷德丽克（Frédérique）。"她低声说，涂着口红的嘴唇露出一个甜甜的笑容。

我还不知道这个名字也有阴性形式①。我把心里所想说了出来，她很无语。已经有不知道多少人对她发表过这番评论了！这是她的特权，她的骄傲。为了取悦她，我补充说我认识一个叫弗雷德里克·莫罗（Frédéric Moreau）②的人。

"他是研讨会的参会人员吗？"她问。

我回答说只是一个泛泛之交，她便不再问了，神情突然变得严肃，把议程册递给了我。她明白自己错过了什么东西，她将在一段时间内尝试找出谁是弗雷德里克·莫罗。我搞砸了一切：

---

① 法语中有许多名字既有男性的阳性形式，也有女性的阴性形式。更广为人知的弗雷德里克（Frédéric）是男名，而弗雷德丽克（Frédérique）则是女名。译者注
② 指福楼拜《情感教育》中的主人公。编者注

这个本是为了拉近我俩的人物反而把我们分开了。这不是一个好迹象。

在等待开幕式时，与会人员都在花园中溜达。如同往常一般，我身处一些认识的人之中，但他们却都假装没看到我。桌上摆着咖啡和小点心。我吃了一些，但暗自踌躇，不知道自己是否有权利吃，因为严格意义上来说我并不是要发言的人。我被准许进入，仅此而已，我只能列席旁听，或者可能的话参与一些讨论。会场有很多人，我不知道阿卜德萨拉姆·拉穆吉向公众收取入场费是否正确。

人们慢悠悠地踱着步，懒洋洋的，没人愿意离开这个阳光明媚的花园，去坐定在座位上听学者们的长篇大论。大家都希望这种休闲时光可以再延长一些，但拉穆吉拍了拍手，邀请大家进会议厅入座。

在嘈杂的人群中，我发现阿伊达就在我旁边。

"走吧，"她命令道，"别忘了你的承诺，坦白一切。"

　　研讨会有官方的讲话，然后是各种学术汇报：有人引用罗兰·巴特和米歇尔·福柯来阐述作者之死。有人回顾了作者在古代、中世纪和现代的地位，有人肯定了狄德罗所做出的决定性转折，有人就文学欺骗展开了讨论，如剽窃、伪造、模仿、化名、假装找到的手稿……也有人提到了所谓的孤本，这些文本的原件已经散佚，只能通过翻译来了解。

　　仿佛是出于偶然，拉穆吉的汇报主题是"《一千零一夜》的那些作者"！如此伪善……我因此决定要发言，虽然我本来打定主意在会议期间不出声。如果阿伊达因此而更鄙视我，那就算我倒霉吧。这是个危险的时刻，我知道我说的话不会被接受，但现在回头为时已晚。在对拉穆吉进行抨击时，我称他的汇报内容既平庸又矛盾。当人们声称自己要谈论《一千零一夜》的作者，最起码应该要提到一些作者的名字。但拉穆吉一个名字都没提到。我接着说，拉穆吉在报告中唯一突出的名字是安托万·加朗，他在十八世纪初出版了《一千零一夜》的法译本，该译本有时被认为优于原作。正是由于这一译本以及它所带来的反响，阿拉伯人即使不知道《一千零一夜》的存在，也知道了它的重要性。我在发言的最后指出，山鲁佐德其实是安托万·加朗所创造出来的人物。

这是我一生中最大的错误。观众席都沸腾了：嘘声、抗议声、叫嚣声、辱骂声统统向我砸过来。虽然我早已预料到这个局面，但我远没想到会有这么多的暴力。我这才意识到阿拉伯人对《一千零一夜》有多么珍视，他们避开谈论《一千零一夜》已有千年。

我试图澄清我的观点，但有人鼓掌了，紧接着又有其他人跟着鼓掌。掌声是让一个不受欢迎的发言者闭嘴的卑鄙手段……我心里涌起一股无名火，又说出一段无可挽回的言论：

"你们所引以为傲的这本书之所以是阿拉伯语的，是因为欧洲人是这样决定的。他们把《一千零一夜》做成阿拉伯人的书，并对你们说：'这是你们的书'，你们就接受了它。你们受困于这个故事的枷锁，无法挣脱。它会重重压在你们身上，直到世界的终结。"

在不知不觉中，我对着观众讲话时俨然一副置身事外的局外人模样。掌声再次响起，是为了打断我的发言。这些獐头鼠目的人不愿听我说，这是他们的损失。我站起身准备离开会议厅，正准备跨过邻座的腿时，仿佛是故意的，我被绊了一下，不幸摔到了。英雄的胜利退场伴随着哄笑和掌声。

我没有回家，而是在酒店花园里坐下了。

我决心不再参加任何研讨会。每次我在公众场合发言，都会产生不适感。这个世界不适合我，也不欢迎我，我的每次发言都是在出丑。我立誓要大门不出，全身心投入到自己的诗歌创作中。但在内心深处，我知道这不是我的真心话，不然为何我还留在这花园里？我还没有摆脱群体的吸引……

在阿伊达面前再一次蒙受羞辱……但凡我还有一丝尊严，我就不应该再去见她。为什么每次想到她，我就会被一种负罪感攫住？

突然，我看到她走出了会议厅。她听够了那些自命不凡的教授们的胡说八道，所以决定离开。不，她朝我走过来，看起来有些不安，在我旁边坐了下来。她很明显在生我的气，她生气是因为她坐在了我旁边。她给我这份殊荣是为了让我坦白，提醒我必须公开声明，承认我的错误行径。

"您知道吗？大家依据您的发言谈论了很多，"她说，"您不该这么早离席的。纳赛尔就您的观点热情洋溢地进行了拓展和延伸，每个人都希望就这个话题发表观点。会议主席费了好大劲才结束这场讨论。我们误解了您的意思。纳赛尔认为，您所表达的并非是说《一千零一夜》是欧洲人创作的，而是说加朗的翻译是欧洲以及之后世界其他地方的文学现代性的起源。"

阿伊达柔声对我说着。我得感谢纳赛尔，这

种态度的突然转变要归功于他，他无意中在阿伊达面前推荐了我。即使在爱情中，推荐也是必要的！我得到了纳赛尔的支持，他有抓住任何观点的技能，不管是什么观点，不管那观点有多么荒唐，他都会用一种不同的角度去解读，使之成为一个有趣的观点。他对我关于《一千零一夜》的观点（或者说是他所认为的我的观点）进行了辩护，尽管我在提出这个观点的时候觉得它是无法辩护的。我瞬间就被一种强烈的感激之情所征服，决心以后也要为他辩护，反对那些嫉妒他的成功和才能的人。如果他们胆敢再说他很芜杂，我就会对他们说，芜杂的是他们自己，他们需要改变自己的阅读方式。

阿伊达看起来有些心不在焉，似乎有个想法正困扰着她。正待开口之际，她改变了主意，从包里掏出一个手机，对着屏幕笑了笑。

"我看侦探小说，其他都不看，"她转向我，直视着我的眼睛，"我也收藏侦探小说，而且我敢说我已经收藏了不少。我看侦探小说时有自己的方式：一旦发生谋杀，一般是出现在第一章结尾，我会直接跳到最后一章去看凶手是谁。我不再关心他的身份，所以我读前面的部分只是想看看他隐藏真相的伎俩。但他所背负的秘密对他而言太沉重，他内心的某个地方渴望与人分享，想摆脱它。他不会完全抹去犯罪痕迹，而是会留下一处，至少一处痕迹，比如在半夜留下匿名语音信息。他似乎在对我说，猜猜我是谁，但我知道他是谁，因为我已经知道结局了。"

她和我聊侦探小说，聊她的阅读方式，但我不知道该如何接话。从结局开始，分析凶手的真相游戏……她在为告诉我一些事情做铺垫。空气中氤氲着一个谜，一个她试图解决的问题，她觉得我有答案。她在说凶手的时候看的是我，这让我惴惴不安。她想影射的是哪个真相？我还犯了什么罪？她不是还提到过一条来历不明的语音信息吗？在她看来，很明显我曾有过卑劣的行径，某种不可告人的行为。

她把手机贴近我的耳朵。一个熟悉男声说：

"晚上好，阿伊达，我忍不住要给您打电话，我必须向您袒露我的情感。我深沉地爱着您。我为您而痴狂。自从第一次见到您的那天起，我就再也睡不着了。可怜可怜我吧，我再也受不了了。没有您，我不知道什么是幸福。祝您睡个好觉。"

这确实是我的声音，毫无疑问，是从一个可怕的深渊中传来的。但我什么时候说过这段话？

"这是在某天深夜两点十分时接到的电话。"阿伊达说。

我竟敢在一个不合适的时间打电话给她，把她吵醒后又祝她睡个好觉——换个场景没准还是一种幽默呢！而且我还没自报家门。

"是您吗？"

我必须集中精神。我不记得自己曾给她去过电话。我又没有她的电话号码，如何能给她打电话？况且我没有手机，座机也坏了。但我确实联系她了。所以没准是一天夜里，我在街上游荡，用公用电话打给了她。也许是在那个开幕式之后，或之前，这也就解释了为什么她拒绝同我握手。不，这说不通，因为直到画廊那晚我才知道她的名字，也就是我在留言里对她的称呼。*晚上好，阿伊达……*但这也不能证明什么：不能排除我在开幕式之前就知道了她的名字，随后又遗忘了，就像我忘了曾给她打过电话。我对自己的所作所为感到羞耻，更可怕的是，我不记得自己打过电话，也不记得自己是如何得到她的电话号码的。

这样看来，天晓得我做了什么自己不知道的事情，天晓得我以后还会干出什么事情。有些行为是我在第二状态（état second）下做出来的，没有在我的记忆中留下任何痕迹，因此不为我所知。我是不可信的，我在世上是缺席的，我对自身的再现存在着缺陷、谬误和捏造。于是我明白了为何大家总是避着我或是用敌意的眼光看我。他们每个人肯定都有一段与我有关的故事，见证着我的某个荒唐举动，或者，对于他们中最富有善心的人来说是我的一种疏忽行为。他们在我面前绝口不提我做过的那些蠢事，以免伤害我的感

情。我觉得自己所瞒住的事情恰恰直接呈现在他
们面前了。我活在幻象中，认定自己才是《想继
续下去的卑微渴望》的作者，还四处宣扬，我对
卢巴罗的仰慕促使我想把自己与他相等同。我曾
说卢巴罗将我的诗歌据为己有，大家都嘲笑我，
从此把我看作是饰有孔雀羽毛的乌鸦①。这就是
阿伊达拒绝同我握手的原因。

　　我下定决心不再踏出家门半步。我要待在
家里，以减少伤害。我要最大限度地减少与他
人的接触。我的注意力不能有丝毫松懈，我必须
振作起来，穿戴整齐，打好领带，每天擦亮我的
皮鞋，昂首阔步，不仅早上要刷牙，晚上也要刷
牙，又是晚上，那是有着所有危险的时刻。但就
算我在白天保持警觉，又如何能抑制我在夜间的
那一面呢？很显然，我的荒唐举动都是在夜间做
出的，在夜间我变成了另一个人。

---

① 原文为 le corbeau se parant des plumes du paon，出自拉·封丹的
寓言故事《饰有孔雀羽毛的松鸦》(Le geai pare des plumes du
paon)，比喻借他人之美来夸耀自己的人。译者注

我又听了一遍语音信息。仍是那个暗黑可怖的声音，因其内容的庸常性又显出几分可笑。*自从第一次见到您的那天起，我就再也睡不着了！* 为何不添上一句：*我茶饭不思？可怜可怜我吧！* 谁能说出这种话？这就是爱的宣言？多么乏善可陈！我说的就是这样一堆陈词滥调。多年的文学训练竟是为了说出这番话。让我略微宽慰的是，在清醒状态下我是断然无法掌握这种语言的。

"是您，对吗？"

如何否认这个明显的事实？她以侦探的方式审问我。她抓住了罪犯，向他出示了无可辩驳的证据，要他招供。我倒不如承认罪行，强调自己不知道发生了什么事，并为自己打扰到她而道歉。但千万不能试图补充说我爱上了她，这爱意把我吞没，我无时无刻不在想她，不然的话我就会落入自己之前所谴责的陈词滥调的窠臼中。我一直觉得"我爱你"这个表达是荒唐可笑的，即使是小说或电影主人公在最戏剧性的时刻说出的也不例外。况且，鉴于目前的局面，现在也不是告白的好时机，我刚刚得知的关于自身的真相更为重要。

这时，卢巴罗也走出了会议厅。他神色阴郁，犹豫着要不要打断我们的悄悄话。如果他加入我们的谈话，就可以帮我摆脱招供的羞辱，因为阿伊达不会当着他的面继续审问我。但她飞快和他打了个招呼后又转向了我。他出现得不凑巧，正是我准备认罪的关键时刻，这令她有些不快。他明白过来，到更远处坐下。他们俩应该聊到过我，研究过我的情况后一致决定对我展开这次审问。事后他们会笑着谈论这一幕，有一天，他们会满怀同情地把我送到心理医生那里。

"请您放心，我没有怪您的意思。虽然在大半夜被吵醒，但我并没有生气。这甚至是个美丽的惊喜！"

这是让我认罪的手段吗？表现出宽宏大量，以便在之后更好地把我往绝路上逼。除非她突然被我慌乱的样子打动……显然，她是在同情我，她想轻柔地对我说不要再犯错。她表现出宽容大度，把我当成了一个需要细心照料的病人。

这是个美丽的惊喜！我应该把这句话理解为一种鼓励吗？但如果是这样的话，就意味着她对我的语音信息和我的表白感到满意，这改变了一切。在我发现我的记忆力退化时得知她对我有好感……

我继续机械地重听那条语音，突然感到一阵震颤，手机也不慎从手中滑落。我俯下身子去捡手机，也借此回避去看阿伊达，掩饰刚刚发现惊人事实的纷乱：这个夜间的声音使用喉音来发小舌音 r，而我则是用舌尖来发这个音的！这是个无可辩驳的证据，证明那通电话不是我打的。用舌尖颤动发小舌音 r 是我独特、不可磨灭的印记，是我的识别记号。我的老师们一直让我改正这个发音错误，不止是我的老师们，所有知道我取得了语言学学士学位并在教法语的人都这样劝我。我曾强忍着不适参加过一些纠音课程，但很快便灰心放弃了，我无法纠正自己的发音。归根结底，我真的想纠正自己吗？在某种程度上，我钟爱自己的舌尖颤音 r，不想失去它。

　　手机里熟悉的声音是卢巴罗的。他的声音和他的文字当然是像一首诗歌般来构思的，每个句子后面都有转行。这是他能够作出的诗歌，唉！这似乎是阿伊达喜欢的诗歌风格。在我看来是陈词滥调的东西，她却如获至宝，仿佛那是雅歌[①]。爱情可以退化成陈词滥调吗？在那一刻我意识到，在爱情告白中，重要的不是告白的内容，而是告白本身，是走向对方并告诉对方的行动。

　　我没有发疯，我能够掌控自己的行为，自我把握！我感到一种巨大的宽慰，我不得不克制，以免自己爆笑出声。我内心的骚动是如此强烈，以至于我怀疑阿伊达是不是猜出了我刚刚得知的事实。她不知道谁是凶手，她看了最后一章，但凶手并不是最后一章里写的那个，小说在悬念中结束。

[①]《雅歌》是《圣经》中的一卷，主题是歌颂爱情。**译者注**

一个向卢巴罗报复的绝佳机会摆在我面前。他夺走了我的《想继续下去的卑微渴望》，现在轮到我来占有他的夜间诗歌了。我们两清了……

阿伊达仍在等着我的回复。她开始不确定，表情有些凝滞，但从她看我的眼神中，我猜到了她想听到的招供。我突然意识到她是多么脆弱，多么不安。她自认已经知晓罪犯的身份，但只有罪犯供认不讳她才能心满意足，这就是侦探小说的结局。我不会令她失望的。我应该如她所愿，除了出于对卢巴罗的报复心理之外，还出于对她的体贴。这是永远驱使我的宣誓时刻。招供，宣誓，阿伊达是我的命运（好标题！）。我面临着一个选择，要不要说出真相，说出哪个真相？在她眼中我看到一种疯狂的执拗。我下定决心：

"对，是我。"

译后记

　　对于中国读者来说，阿卜杜勒法塔赫·基利托也许是一位相对"小众"的当代作家，盖因其作品在国内还未得到系统译介，且作家所呈现的阿拉伯文学在世界文学中也属"冷门"。但我相信，若是读者接触到这位作家，翻开他的文学创作，一定会顿入迷宫般的游戏空间，收获一次非常特别的阅读体验。

　　基利托于 1945 年出生于摩洛哥首都拉巴特，是一位兼收并蓄且博学多才的作家。得益于多语的历史文化环境，他从一开始便是兼用阿拉伯语与法语写作的双语作家，并且也致力于在作品中展现双语，甚至多语世界的跨文化交融。值得一提的是，这位作家同时也是任教于摩洛哥穆罕默德五世大学（Université Mohammed V de Rabat）的文学教授，是著述颇丰的学者、文学评论家，在阿拉伯和西方世界都享有很高的知名度。多重身份使得基利托的作品类型也非常多样化，在散文、小说、论著、评论文章和文学访谈等之间自由转换，形成了新颖独特的写作风格。

阿卜杜勒法塔赫·基利托文学创作的独特性大略可以从内容主题和形式层面管窥一二。从写作内容来看，文学无疑是基利托写作的对象，是他所有作品围绕的母题。摩洛哥学者阿米娜·阿舒尔（Amina Achour）在其专著《问题中的基利托》（*Kilito en questions*）中指出，"他热爱文字，把阅读和写作视如生命"。这种对文学的热爱滋养了作家，也充盈在作家的作品中。作为一位摩洛哥作家，基利托把创作重心放在了阿拉伯文学上，他在书中多次提到阿拉伯世界的文人，如行吟诗人穆太奈比、游记作家伊本·白图泰等，并通过引用与阐释在某种程度上与他们形成了对话。而作家从小阅读的《一千零一夜》更是贯穿《告诉我这个梦》全书的存在，成为联结书中四个故事的纽带。基利托以一种别开生面的书写，半是分析半是倾诉地分享了他对《一千零一夜》充满激情的阅读体验与多角度的探索，引导读者去思考应如何阅读《一千零一夜》以及如何改写这部阿拉伯叙事文学史上的杰作。就形式层面而言，基利托的作品似乎难以用单一的体裁来具体框定。《告诉我这个梦》因混杂了散文、评论、短篇小说等多种形式而被形容为难以归类的文本，毋宁说是介于散文和小说之间的"第三形式"，作者制造了有意为之的模糊性和不确定性。这种不确定性也体现在文本之内，全书由四个似有关联又彼此独立的文本构成，四位叙事者各自以自己的方式诉说着不同的故事，产生了断片和复调的诗学效果。无论从哪个故事开始阅读，都不会影响对全书的把握，读者所要做的就是找到一个自己感兴趣的阅读的入口。

《告诉我这个梦》不仅是一部围绕着《一千零一夜》写就的作品，其创作艺术也深受后者的影响。正如《一千零一夜》是公认的无穷之书一样，《告诉我这个梦》也表现出未完成和无限的特点。一方面，书中的四个故事都给人以意犹未尽之感，仿佛未关闭严实的窗户，依然透出引人遐思的微光；另一方面，书中故事内嵌套故事的"戏中戏"手法也平添了无穷尽的效果，用博尔赫斯的话来说就是"梦中有梦，枝繁叶茂"，令人晕眩。学者阿卜杜勒瓦赫·哈吉（Abdelouahed Hajji）在谈到《告诉我这个梦》的美学内涵时指出，这种未完成是一种"跨文化的美学，它使解释相对化，并将意义置于生成之中"。换言之，未完成性使整部作品转为一个开放的文本，不再被限于固定及确定的意义中，来自不同文化背景的读者的意识都可以进入其中，令文本朝多元和无序发展，由此意义也在不断生成，反哺以文本源源不断的生命力。借用德勒兹的术语来形容，我们可以说未完成的文本就如块茎一般，它自身化身为混杂蔓延的装置，保证了文本阐释的延续性。

倘若撇开内容，单就书名来说，读者也许是困惑的：一个人如何能够准确说出他人之梦？如此看来，这个"不可能的"指令似乎充满了荒谬的意味，这是不是基利托和读者开的一个玩笑？但阅读完全书后，我们或许就能体会作者的深意了。"告诉我这个梦"原文出现在第二部分"山鲁亚尔的第二次疯癫"，其中又嵌套了《但以理书》中的内容，讲的是尼布甲尼撒考验术士，要求他们猜出自己所做之梦的内容，并进行解读。具有异曲同工之妙的是嵌套其中的另一个故事，哈里发要求大臣说出一本没看过的书的内容。两个故事共同着眼于"猜"，也即构想未知的内容，这就将讨论引向了幻想主题。而这与基利托在第一部分的主题思想不谋而合，他借叙事者之口批判了那些被理性或智性阅读所桎梏的现代读者，认为他们是"不合格的辛巴达"，背负着所有的知识，可悲地无法摆脱传统的重量，无法"重塑自身和世界"。因此，书名这个看似不合理的要求其实是在谈论创造与幻想，谈论读者意识的参与。《一千零一夜》是一个不属于任何人却存在于集体意识中的共同文本，它既不完整又在不断扩充，既有新编一千零一夜，也有爱伦·坡等作家所构想出的第一千零二夜。但悖论的是，正因如此，《一千零一夜》反而具有了永恒无限的特性。或许正是基于此，基利托邀请读者抛却固定僵硬的智性经验，加入作者的阵营，从作品中"创作出他们自己的诗"。总之，去阐释，去创造，去幻想，一切皆有可能……正如书中所说："只有能写出《一千零一夜》的人才有资格去阐释它。"

大量的互文隐喻也是这部作品非常突出的特征，基利托将东西方文明、文化、文学等方面都杂糅结合起来，产生了奇妙的化学反应。比如书中既有代表着传统阿拉伯文明的《古兰经》，又有西方《圣经》中的典故，《但以理书》便是其中一例。在说到《一千零一夜》时，基利托又把读者引向了西方，提及最多的也许是博尔赫斯，二者有许多的共同点。我们知道，博尔赫斯写过一篇题为《一千零一夜》的散文，他同样也是一位为《一千零一夜》而着迷的学者。此外还有诸多其他细节，有待读者们在阅读过程中去挖掘，细细品味。

译者

2021 年冬于杭州